D1512714

Y Llythyr

Helen Naylor

Addasiad Dwynwen Teifi

(h) Prifysgol Aberystwyth, 2018 ©

Cyhoeddwyd gan CAA Cymru, Prifysgol Aberystwyth, Plas Gogerddan, Aberystwyth, Ceredigion, SY23 3EB (www.aber.ac.uk/caa)

Cyhoeddwyd gyda chymorth ariannol Cyngor Llyfrau Cymru.

ISBN: 978-1-84521-681-8

Testun Saesneg gwreiddiol:

© Cambridge University Press 2001

Cyhoeddir yr addasiad hwn o *Two Lives* trwy drefniant â Cambridge University Press.

Golygu creadigol: Delyth Ifan
Dylunio: Richard Huw Pritchard
Darlunio: Jason Walker
Argraffu: Argraffwyr Cambria

Cynnwys

---

rhagair – *prologue*   **marwolaeth** – *death*

Cymeriadau

Rhan 1

Huw Thomas: Glöwr un ar bymtheg mlwydd oed
Gareth Thomas: Brawd Huw
Dai Thomas: Tad Huw
Megan Jenkins: Merch ysgol **un ar bymtheg** mlwydd oed
Harri Jenkins: Tad Megan

Rhan 2

Bethan Jones: Merch Megan
Philip Jones: Gŵr Bethan
Paul: Darpar ŵr Megan
Martin: Mab Huw
Rebecca: Gwraig Martin

---

glöwr – *coal miner*   **un ar bymtheg** – *sixteen*
darpar ŵr – *husband-to-be*

to'r twnnel

craig

twnnel

glöwr

glo

3

Rhagair

Treddafydd,
Awst 1996

Fy annwyl Huw,

Roedd hi mor braf derbyn dy lythyr di. Diolch am y lluniau hefyd. Roedd hi'n hyfryd gweld dy fod ti ddim wedi newid llawer dros y blynyddoedd. Yn anffodus, dw i ddim yn gallu dweud yr un peth amdana i fy hun!

*Ces i **deimladau cymysg** wrth ddarllen y llythyr. Ro'n i'n hapus iawn o weld dy fod ti wedi cael bywyd **llwyddiannus**. Ro'n i'n dweud o hyd gallet ti fod yn **arlunydd** arbennig! Ond ro'n i'n teimlo'n drist hefyd 'mod i ddim wedi bod yn rhan ohono. Roedd gyda ni gymaint o **gynlluniau** pan o'n ni'n ifanc, on'd oedd e? Ond rhaid i ni beidio meddwl am y gorffennol. Mae cymaint o bethau sy angen i ni siarad amdanyn nhw nawr. Mae Bethan a finnau mor falch dy fod ti wedi penderfynu dod i Dreddafydd. Cofia **roi gwybod** pan fyddi di'n cyrraedd y wlad.*

Cofion gorau,
Megan

O.N. Dyma lun o Bethan a finnau yn y lolfa uwchben y siop. Wyt ti'n cofio'r lolfa?

teimladau cymysg – *mixed feelings*	**llwyddiannus** – *successful*
arlunydd – *artist*	**cynlluniau** – *plans*
rhoi gwybod – *to let someone know*	

Rhan 1
Cariad ifanc

Pennod 1
Dau fywyd ifanc

Mawrth 1945

'Megan, gwna baned o de i fi, wnei di?' gwaeddodd Harri Jenkins o'r siop fach. 'Ac wedyn, dere mewn fan hyn i siarad â fi.'

'Dyma chi, Dad,' meddai Megan, gan roi cwpanaid mawr o de poeth iddo a cheisio gwenu. Yr un oedd **y drefn** bob diwrnod. Cyn gynted ag roedd Megan yn dod adre o'r ysgol, basai ei thad yn gofyn iddi hi am ei de ac yna roedd e eisiau gwybod popeth am ei diwrnod – beth roedd hi wedi'i wneud yn yr ysgol, oedd yr athrawon yn hapus â'i gwaith, pwy oedd yn **gwmni** iddi hi ar y ffordd adre. Roedd hi'n un ar bymtheg mlwydd oed ac roedd hi wedi cael llond bol ar hyn i gyd. Pam roedd rhaid iddo fe **fusnesu** cymaint?

'Felly, Megan, sut roedd hi yn yr ysgol heddi, 'te?'

'Iawn,' meddai Megan.

'Ddwedodd yr athro wrthot ti am yr arholiad wythnos diwetha, 'te?'

y drefn – *the routine*	**cwmni** – *company*
busnesu – *to interfere*	

'Do.'

'A?' gofynnodd Harri Jenkins.

'A beth?' meddai Megan, gan wybod yn iawn beth oedd ar ei feddwl e.

'A sut gwnest ti? Dere 'mlaen, ferch, os wyt ti'n mynd i'r coleg, mae'n bwysig dy fod ti'n gwneud yn dda yn yr ysgol.'

Doedd neb o deulu Harri Jenkins erioed wedi mynd i goleg, ond nawr fallai fod 'na gyfle i Megan. Roedd e eisiau iddi hi symud i ffwrdd. **Pentre glofaol** oedd Treddafydd, y pentre lle ro'n nhw'n byw. Roedd y rhan fwyaf o'r dynion yn gweithio yn y **pwll glo**, yn cael y glo **budr** allan o'r **ddaear**.

Doedd Harri Jenkins ddim eisiau i'w ferch briodi glöwr, a doedd e ddim am iddi **dreulio** ei bywyd yn gweithio yn y siop – roedd hi'n rhy dda i hynny. Doedd e ddim wedi gofyn i Megan beth roedd hi eisiau ei wneud.

Ym mhen arall y pentre roedd Huw Thomas, ffrind Megan, yn gorffen ei waith am y dydd. Roedd Huw yn un ar bymtheg mlwydd oed hefyd ac wedi blino ar fywyd yn barod. Roedd e'n gweithio am wyth awr bob dydd, am bum niwrnod yr wythnos, yng ngwaith glo'r pentre. Doedd dim llawer o waith arall i bobl y pentre. Roeddech chi naill ai'n gweithio o dan ddaear neu doeddech chi ddim yn gweithio o gwbl. Dyna sut roedd pethau. Ond roedd hynny'n well na bod yn **filwr** a gorfod ymladd mewn rhyw wlad **estron**, yr un fath â rhai o ddynion y pentre. Roedd y Prif Weinidog

pentre glofaol – *mining village*	**pwll glo** – *coal mine*
budr – *dirty*	**y ddaear** – *the earth*
treulio – *to spend (time)*	**milwr** – *soldier*
estron – *foreign, unfamiliar*	

yn Llundain yn dal i ddweud bod y **rhyfel** bron â **dod i ben**, ond doedd Huw ddim yn siŵr a oedd e'n credu hynny. Aeth Huw i mewn i'r lifft ar waelod y pwll glo gyda chriw o weithwyr oedd yn edrych yn flinedig iawn. Roedd eu hwynebau'n ddu oherwydd y glo. Ar y dechrau welodd e ddim Gareth, ei frawd mawr, a oedd yn sefyll **gyferbyn ag e**. Gwenodd y ddau ar ei gilydd ond siaradon nhw ddim. Dringodd y lifft yn araf ac yn swnllyd i fyny o'r **byd tanddaearol** tywyll. Deg wyneb budr yn edrych i fyny tuag at y golau.

Ar ôl dod allan o'r pwll, cymerodd hi ychydig eiliadau i'w llygaid ddod **yn gyfarwydd â**'r golau. Cerddon nhw i gyfeiriad y tŷ 'molchi, gan **anadlu**'r awyr iach. I Huw, dyma amser gorau'r dydd. Dim ond chwe wythnos oedd wedi mynd heibio ers iddo fe ddechrau gweithio fel glöwr, ond roedd e'n teimlo'n llawer hirach.

Roedd Gareth yn disgwyl amdano fe y tu allan. 'Popeth yn iawn, Huw?' gofynnodd Gareth. 'Sut aeth pethau heddi?'

'Iawn,' meddai Huw. 'Daw pethau'n well, gobeithio.'

'Daw,' atebodd ei frawd. 'Edrych arnat ti. Mae dy freichiau di'n gryfach yn barod, ar ôl dim ond pum wythnos.'

'*Chwe* wythnos,' meddai Huw.

Gwnaeth Gareth chwerthin. 'Mae'n waith caled, dim chwarae. Ond ry'n ni'n lwcus i gael gwaith. Mae angen yr arian arnon ni, gan fod Dad ddim yn gweithio.'

Fedrai Huw ddim cofio'r tro diwetha i'w dad weithio. **Ambell** ddiwrnod, basai ei dad yn gadael y tŷ'n gynnar yn y bore a dod adre

rhyfel – *war*	**dod i ben** – *to come to an end*
gyferbyn ag e – *opposite him*	**byd tanddaearol** – *underground world*
anadlu – *to breathe*	**yn gyfarwydd â** – *familiar with*
ambell – *occasional*	

ag ychydig o arian, neu rywbeth iddyn nhw i'w fwyta. Ac ambell ddiwrnod, fyddai e ddim yn dod adre o gwbl. Doedd bywyd ddim yn hawdd i'r teulu Thomas.

Cerddodd y ddau frawd i lawr y stryd a dweud 'sut mae' wrth y gwragedd, y chwiorydd a'r merched a oedd wedi dod allan o'u tai i **groesawu** eu **gwŷr** wrth iddyn nhw ddod adre. Ond doedd neb y tu allan i dŷ Huw a Gareth i'w croesawu nhw. Doedd Huw erioed wedi nabod ei fam. Buodd hi farw pan gafodd e ei eni. Ei dad a'i ddau frawd, Rhydian a Gareth, oedd ei deulu e. A nawr doedd dim Rhydian; Roedd e wedi cael ei ladd ddwy flynedd yn ôl wrth ymladd yng ngogledd Affrica.

'Dad!' gwaeddodd Gareth. ''Dyn ni gartre. Beth sy i swper?'

Doedd dim ateb.

'Rhaid ei fod e allan,' meddai Huw.

'Neu yn y gwely,' meddai Gareth. 'A' i i edrych.'

Pan aeth Gareth i mewn i'r stafell wely daeth **arogl chwisgi** i gwrdd ag e. Roedd ei dad yn cysgu ar y gwely â'i ddillad i gyd amdano.

'**Wedi meddwi** eto,' meddai Gareth wrth Huw. 'O, ble mae e'n cael yr arian i fynd i'r dafarn? Wnest ti ddim gadael arian yn y tŷ, do fe?'

'Naddo. Ar wahân i'r arian sy yn y bocs i dalu Mr Jenkins am fwyd wythnos diwetha. Ond dyw e ddim yn gwybod ble ry'n ni'n cadw hwnnw, ydy e?' Cymerodd Huw y bocs bychan allan o'i **guddle**. Agorodd e. 'Mae e wedi mynd â'r cwbl!'

'Wel,' meddai Gareth, 'bydd rhaid i ti fynd at Mr Jenkins ac **esbonio** iddo fe ein bod ni ddim yn gallu ei dalu e tan ddiwedd yr

croesawu – *to welcome*	**gwŷr** – *husbands, men*
arogl chwisgi – *the smell of whisky*	**wedi meddwi** – *drunk*
cuddle – *hiding place*	**esbonio** – *to explain*

wythnos.' Symudodd Gareth o gwmpas y gegin fach gan deimlo'n **ddig** wrth agor y cypyrddau i chwilio am fwyd. 'A gofyn iddo fe allwn ni gael ychydig o fara neu datws. Gall e ei **ychwanegu** e at fil wythnos nesa,' meddai.

'Pam mai fi sy'n gorfod esbonio bob tro?' gofynnodd Huw.

'Achos mai ti yw'r ieuenga a fallai bydd Mr Jenkins yn cymryd trueni drostot ti,' atebodd Gareth. 'Cer, Huw. Mae eisiau bwyd arna i.'

Roedd Huw yn gwybod pam roedd ei dad yn meddwi, ond doedd hynny ddim yn helpu. Roedd e'n flin gyda'i dad. Fyddai neb yn rhoi gwaith i ddyn **deugain** mlwydd oed oedd â phroblem yfed, felly roedd Huw wedi gorfod gadael yr ysgol a dechrau **ennill arian**.

Edrychodd Megan i fyny o'i llyfr a gwelodd Huw yn dod i mewn i'r siop. Meddyliodd hi ei fod e'n edrych yn flinedig ac yn ddig.

'Sut mae, Huw?' meddai hi gan wenu. 'Wyt ti'n iawn?'

'**Dim mewn gwirionedd** . . . y pethau **arferol**,' meddai Huw.

Roedd Megan a'r pentre i gyd yn gwybod am dad Huw. Gwrandawodd Mr Jenkins tra bod Huw'n esbonio'r stori **ddiweddara**. Teimlai Mr Jenkins yn flin dros Huw, ond doedd 'na ddim byd gallai e ei wneud am y peth. Roedd bywyd yn anodd i bawb. Roedd hi'n amser rhyfel. Roedd teuluoedd eraill wedi colli meibion yn y rhyfel; dim Dai Thomas oedd **yr unig un**. Ond fe oedd yr unig un a ddechreuodd yfed, gan adael i'w ddau fab edrych ar ôl eu hunain.

dig – *angry*	**ychwanegu** – *to add*
deugain – *forty*	**ennill arian** – *to earn money*
dim mewn gwirionedd – *not really*	**arferol** – *usual*
diweddara – *latest, most recent*	**yr unig un** – *the only one*

Dwedodd Megan, 'Wyt ti'n teimlo fel mynd am dro wedyn, Huw?' Roedd Huw a hi wedi bod yn ffrindiau ers blynyddoedd. Roedden nhw'n arfer eistedd yn ymyl ei gilydd yn yr ysgol, ac ar ôl oriau ysgol roedden nhw'n treulio llawer o amser yng nghwmni ei gilydd. Nawr roedd eu **cyfeillgarwch** yn tyfu hyd yn oed yn gryfach.

'Ie, iawn,' atebodd Huw. 'Do i 'ma tua saith. Ydy hynny'n iawn, Mr Jenkins?'

'Ydy, ond paid â bod yn rhy hir, Megan,' meddai Mr Jenkins, gan roi ychydig o datws mewn **cwdyn** i Huw. 'Mae ysgol gyda ti fory, cofia.'

Ond roedd Megan yn gwybod **y gwir reswm** pam doedd ei thad ddim eisiau iddi hi fod allan gyda Huw am ormod o amser – roedd e'n poeni am eu cyfeillgarwch. Dim plant oedden nhw nawr ac roedd Harri Jenkins wedi gweld sut roedd Huw'n edrych ar ei ferch.

---

cyfeillgarwch – *friendship*   **cwdyn** – *bag*

y gwir reswm – *the real reason*

Pennod 2
Mwy na ffrindiau

Gorweddai Megan ar y **borfa** wrth yr afon â'i dwylo y tu ôl i'w phen. Edrychai hi i fyny ar yr awyr gan ganu'n dawel.

'Paid â symud,' meddai Huw, oedd yn pwyso yn erbyn coeden. 'Dw i'n ceisio tynnu dy lun di.'

Gorweddai Megan yno yn mwynhau'r noson gynnes. Weithiau doedd hi ddim yn gwybod beth i'w ddweud wrth Huw. Ers iddo fe ddechrau gweithio, doedd eu bywydau nhw ddim yn hollol yr un fath. Roedd hi'n gwybod ei fod e ddim yn hapus yn y pwll glo. Ond heno, roedd hi'n teimlo mai fe oedd y person gorau yn ei bywyd.

'Wyt ti'n ei hoffi?' gofynnodd Huw wrth ddangos y llun iddi hi. Gorweddodd e yn ei hymyl. 'Un diwrnod, bydda i'n gyfoethog.'

'O ie, sut?' gofynnodd hi.

'Bydda i'n gwerthu'r lluniau i rywun, neu fallai a' i i Lundain a **dod o hyd i** swydd dda,' atebodd e.

'Dw i'n hoffi dy luniau di. Dw i'n meddwl dy fod ti'n arlunydd gwych,' meddai hi. 'Ond does neb y ffordd 'ma'n gallu talu arian am bethau fel hyn. Ac mae mynd i Lundain yn syniad gwael – mae'n lle

---

porfa – *grass*	**dod o hyd i** – *to find*

11

peryglus oherwydd y rhyfel.'

'O Megan, galla i freuddwydio, alla i ddim?' atebodd Huw. 'Does dim breuddwydion gyda ti?'

'Oes, ond maen nhw'n newid o ddydd i ddydd,' meddai hi gan chwerthin. 'Dere 'mlaen!' Neidiodd Megan ar ei thraed gan dynnu Huw i fyny. 'Dere i ni gael cerdded ychydig eto, yna bydd rhaid i fi fynd adre.'

'Ga i **gyffwrdd â** dy wallt di, Megan?' gofynnodd Huw yn sydyn. 'Mae e'n edrych mor feddal.'

Roedd Megan wedi synnu ond gadawodd hi iddo fe wneud hynny. Roedd hi'n hyfryd teimlo ei fysedd e'n rhedeg drwy ei gwallt. Dechreuodd ei hwyneb hi losgi. Edrychodd Huw arni hi a'i chusanu. Roedd hynny'n teimlo fel y peth iawn i'w wneud.

'Paid,' meddai Megan, ond symudodd hi ddim. 'Tasai fy nhad i'n gallu ein gweld ni nawr, fasai e ddim yn gadael i fi fynd allan gyda ti byth eto.'

'Mae'n ddrwg gen i,' meddai Huw, heb wybod yn hollol beth i'w wneud nesa. Roedd pob math o deimladau newydd a **rhyfeddol** y tu mewn iddo. 'Megan, wyt ti'n fy hoffi i?' gofynnodd, gan barhau i sefyll yn agos ati hi.

'Ydw, wrth gwrs,' atebodd Megan. ''Dyn ni wedi bod yn ffrindiau ers amser hir – rwyt ti'n gwybod 'mod i'n dy hoffi di.'

'Ond dw i'n meddwl . . . "hoffi" mewn ffordd wahanol, dim fel brawd a chwaer,' meddai Huw. 'Dw i'n meddwl dy fod ti'n ferch arbennig. Wnei di fod yn gariad i fi?'

'O, Huw, wrth gwrs bydda i'n gariad i ti,' meddai Megan. 'Ond rhaid i ni beidio â dweud wrth neb. Basai fy rhieni'n . . .' Ond

---

cyffwrdd â – *to touch*   **rhyfeddol** – *amazing*

stopiodd Huw hi rhag dweud rhagor.

'Ac os bydd y ddau ohonon ni'n teimlo 'run fath mewn dwy flynedd, yna bydda i'n gofyn i dy dad a alla i dy briodi di.' Roedd meddwl Huw'n rasio.

Gwnaeth Megan chwerthin. 'Iawn, ond am nawr rhaid i ni adael i bawb feddwl mai dim ond ffrindiau 'dyn ni. Rhaid i neb ein gweld ni'n dal dwylo nac yn gwneud dim byd arall. Os bydd fy nhad i'n clywed amdanon ni, bydd e'n fy stopio i rhag dy weld di. Rwyt ti'n gwybod sut un yw e.'

Cerddon nhw adre'n hapus. Anghofiodd Huw am ei broblemau gartre ac yn y gwaith, ac anghofiodd Megan am ei thad a'r ffaith ei fod e'n disgwyl iddi hi fynd i'r coleg. Roedd hi'n gwybod bod gan ei thad gynlluniau mawr iddi. A doedd glöwr tlawd oedd yn fab i **feddwyn** ddim yn rhan o'r cynlluniau hynny.

---

meddwyn – *drunkard*

Pennod 3
Cariad yn tyfu

Dros y misoedd nesaf, newidiodd dim llawer yn y pentre glofaol. Pan orffennodd y rhyfel yn Ewrop, roedd llawer o bartïon gwych yn strydoedd Treddafydd. Roedd pawb yn gobeithio y basai bywyd yn llawer haws – ond doedd e ddim. Roedd pobl yn gweithio mor galed ag erioed a dim ond ychydig o bethau oedd ar gael i'w prynu yn y siopau o hyd.

Treuliodd Megan a Huw gymaint o amser â phosib yng nghwmni ei gilydd, gan fynd am dro gyda'r hwyr. Weithiau, ar nos Sadwrn, bydden nhw'n mynd i ddawns yn y pentre.

'Wnei di ddawnsio gyda fi nos Sadwrn, Huw?' gofynnodd Megan wrth iddyn nhw eistedd gyda'i gilydd un noson ar ben y bryn yn edrych i lawr ar y pentre.

'Wrth gwrs, os fyddi di ddim yn rhy brysur yn dawnsio gyda dynion eraill,' atebodd e.

Roedd Huw wrth ei fodd yn dawnsio gyda Megan. Dyma'r unig adeg gallai e roi ei freichiau amdani'**n gyhoeddus**. Ac os oedden nhw'n cynllunio'n ofalus, gallen nhw gerdded adre gyda'i gilydd

---

yn gyhoeddus – *in public*

ambell waith. Roedden nhw'n llwyddo i gadw eu **carwriaeth** yn gyfrinach. Ond roedd rhaid iddyn nhw ddawnsio gyda phobl eraill hefyd. Roedd Huw yn casáu'r ffordd roedd dynion eraill yn dal Megan mor agos atyn nhw, nes bod ei chorff hi wedi ei wasgu yn eu herbyn.

'Beth amdanat ti?' meddai Megan. 'Dawnsiaist ti am amser hir gyda Ruth Hopkins fis diwetha . . . ac ro't ti'n chwerthin!'

Cofiai Huw am y noson honno hefyd. Roedd e wedi mwynhau gweld Megan yn edrych arno'n dawnsio gyda Ruth. Ond wnaethon nhw ddim siarad llawer wrth iddyn nhw gerdded adre'r noson honno. Yn ystod y gaeaf, aeth hi'n anodd mynd allan am dro. Roedd hi wedi tywyllu erbyn i Huw orffen ei waith ac roedd y tywydd yn oer. A phob tro basai e'n mynd i'r siop, roedd Harri Jenkins yno.

'Basai'n braf cael rhywle cynnes i fynd iddo,' meddai Megan un diwrnod oer a gwyntog ym mis Chwefror.

'Beth wyt ti'n ei wneud nos Sadwrn?' gofynnodd Huw.

'Dim byd. Astudio neu helpu gartre. Pam?'

'Wyt ti'n meddwl gallet ti ddod allan gyda fi?' meddai Huw. 'Mae ffilm Americanaidd newydd ymlaen yn Aberedyn. Dere i ni gael mynd.'

'Mae e'n bell. Sut gallwn ni fynd yno?' gofynnodd Megan.

'Galla i fenthyg dau feic,' meddai Huw. 'Wyt ti'n gallu meddwl am rywbeth i'w ddweud wrth dy rieni di?'

'Dim **ar hyn o bryd**, ond meddylia i cyn dydd Sadwrn,' atebodd Megan. Roedd meddwl am eistedd mewn lle cynnes a chyfforddus gyda Huw am ddwy awr yn fendigedig. Basai hi'n siŵr o feddwl am ryw stori i'w dweud wrth ei rhieni hi. Unrhyw beth. Brynhawn dydd

---

carwriaeth – *courtship*   **ar hyn o bryd** – *at present*

Gwener, roedd Huw ar ei ffordd adre o'r pwll glo pan gwrddodd e â Gareth ar ei ffordd i'r gwaith. Roedd y pwll ar agor am bedair awr ar hugain y dydd ac roedd Gareth yn gweithio dros nos yr wythnos honno. Doedd Huw ddim yn hoffi pan oedd Gareth ac e'n gweithio amseroedd gwahanol – doedden nhw ddim yn gweld llawer ar ei gilydd.

Gartre, cymerodd Huw ychydig o arian o'r bocs arian. Ceisiodd e beidio â meddwl beth fasai Gareth yn ei ddweud petai'n gwybod. Ond roedd e eisiau prynu anrheg i Megan. Roedd y nos Sadwrn yma'n mynd i fod yn noson i'w chofio.

*　*　*

Roedd nos Sadwrn yn y sinema yn fendigedig. Roedd Megan a Huw yn teimlo'n rhydd. Am unwaith, roedden nhw'n gallu cerdded i lawr y stryd a dal dwylo, heb boeni bod pobl eraill yn eu gweld nhw. Yn y sinema roedd y ddau yn cael trafferth gwylio'r ffilm.

'Huw, paid . . . os gweli di'n dda,' meddai Megan yn dawel ar ôl cusan hir. 'Dylen ni geisio gwylio rhywfaint o'r ffilm.'

Ond fuon nhw ddim yn hir cyn troi yn ôl at ei gilydd unwaith yn rhagor.

Daeth y golau ymlaen ar ddiwedd y ffilm. Safodd Huw a Megan ar eu traed yn ara deg. Doedden nhw ddim eisiau gadael. Roedd y bywyd go iawn y tu allan; y tu mewn roedden nhw'n gallu bod gyda'i gilydd.

Aethon nhw'n ôl ar eu beiciau i gyfeiriad Treddafydd. Gallai Megan deimlo ei chalon hi'n mynd yn drymach wrth ddod yn nes at y pentre. Arhoson nhw ar gornel y stryd lle roedd Megan yn byw.

'Mae hwn i ti, Megan,' meddai Huw gan roi bocs bach iddi hi.

'Gobeithio byddi di'n ei hoffi e.'

Edrychodd e ar ei hwyneb hi wrth iddi hi dynnu'r **mwclis** o'r bocs.

'Dim ond un ail-law yw e,' ychwanegodd e. 'Rhyw ddiwrnod bydda i'n prynu un newydd i ti.'

'O Huw, dw i ddim eisiau un newydd. Mae hwn yn hyfryd,' meddai Megan, wrth iddi hi ei wisgo am ei gwddf. 'Ond rhaid ei fod e wedi costio llawer i ti.' Roedd hi'n gwybod bod dim llawer o arian gyda fe.

'Dere 'ma, fy nghariad i,' meddai Huw. 'Paid â siarad rhagor, a dere â chusan nos da i fi.'

Ond yn sydyn daeth sŵn mawr o'r pwll glo.

'Nefoedd!' meddai Huw. 'Beth ar y ddaear oedd hwnna?'

Ond roedd y ddau ohonyn nhw'n gwybod beth oedd achos y **twrw**. Y sŵn doedd neb yn y pentre eisiau ei glywed. Agorodd drysau'r tai a daeth dynion a menywod allan i'r stryd. Rhedodd pob un ohonyn nhw tuag at y pwll glo, gan feddwl am y dynion a allai fod wedi cael eu dal bum can metr o dan y ddaear: 'O Dduw Dad, paid â gadael i 'ngŵr, fy mrawd neu fy mab i fod yno.'

---

mwclis – *necklace*   **twrw** – *noise*

Pennod 4
Marwolaeth yn y pwll glo

Roedd pobl o bob oed yn sefyll o gwmpas mewn grwpiau bychain yn siarad yn dawel. Roedd hi'n dri o'r gloch y bore erbyn hyn. Safai Huw gyda'i dad. Pan welodd Huw wyneb ei dad bedair awr **yn gynharach**, roedd e'n gwybod bod Gareth i lawr yn y pwll.

Roedd rhan o do'r twnnel wedi syrthio ac roedd rhai o'r glowyr yn **methu** dod allan. Daeth criw o ddynion i helpu ac roedden nhw wedi llwyddo i ddod â deg dyn i fyny'n **ddiogel**. Wrth i'r grŵp yma gyrraedd pen y pwll, gwthiai'r teuluoedd a oedd yn disgwyl amdanyn nhw ymlaen, gan chwilio am eu **hanwyliaid**. Doedd Gareth ddim ymhlith y deg.

Daeth **rheolwr** y pwll draw at Huw a'i dad.

'Mae 'na obaith o hyd, Dai,' meddai. 'Mae'r tîm yn dweud eu bod nhw'n gallu clywed lleisiau y tu ôl i'r graig.'

'Faint sy'n dal i fod yno?' gofynnodd Huw.

'Pump. Bydd hi'n cymryd tipyn o amser cyn i ni eu cyrraedd nhw.'

methu – *to fail*	**yn gynharach** – *earlier*
diogel – *safe*	**anwyliaid** – *loved ones*
rheolwr – *manager*	

Ddwedodd Huw na'i dad yr un gair, a cherddodd rheolwr y pwll at deulu arall i ddweud yr un peth wrthyn nhw. Yn ystod yr oriau o aros, safodd Dai Thomas a'i fab wrth ochr ei gilydd heb siarad. **O dro i dro**, roedd un ohonyn nhw'n **tanio** sigarét neu'n yfed y te gawson nhw gan gymdogion caredig. Daeth Megan i sefyll gyda nhw a **chydiodd** hi yn llaw Huw. Edrychodd hi i'w lygaid e a gwelodd hi fod ofn arno.

Roedd hi'n ddeg o'r gloch y bore pan ddaethon nhw â chorff Gareth allan. Roedd e a dau arall wedi marw wrth i'r **graig** syrthio. Roedd y ddau oedd gyda nhw wedi bod yn lwcus.

Daethon nhw â Gareth adre i'r tŷ bychan. Cafodd ei gorff ei roi i orwedd yn y stafell ffrynt ac eisteddodd ei dad yn ei ymyl e. Daeth y cymdogion i ddweud eu ffarwél trist wrth y dyn ifanc roedden nhw wedi ei nabod mor dda. Ddwedodd tad Huw ddim byd wrth i'r bobl fynd a dod. Eisteddodd e wrth ochr Gareth tan yn hwyr y nos. Pan ddaeth Huw i mewn i ddweud nos da wrtho fe, roedd hi fel pe bai ei dad heb ei glywed e.

Dihunodd Huw yng nghanol y nos a methodd fynd yn ôl i gysgu. Doedd hi ddim yn teimlo'n iawn ei fod e'n ddiogel a chynnes yn y gwely tra bod ei frawd yn gorwedd yn oer i lawr y grisiau. Penderfynodd e fynd i eistedd gyda Gareth. Cododd o'r gwely a cherddodd tuag at y stafell ffrynt. Gwelodd e fod drws y stafell ffrynt ar agor. Arhosodd. Yng ngolau'r lleuad, gwelodd ei dad: doedd e ddim wedi gadael ei fab. Yn y tawelwch, gallai Huw glywed ei dad yn crio ac yn gofyn mewn llais bach, dro ar ôl tro, pam roedd hyn wedi digwydd. Ond roedd ei eiriau wedi cael eu

o dro i dro – *from time to time*	**tanio** – *to light, to ignite*
cydio – *to hold, to grab*	**craig** – *rock*

llyncu gan y tywyllwch. Yn araf, trodd Huw ac aeth e'n ôl i'r gwely. **Rhythodd** e i'r tywyllwch am amser hir gan adael i'r **dagrau** gwlyb, cynnes redeg i lawr dros ei fochau.

Am rai dyddiau ar ôl marwolaeth Gareth, eisteddodd tad Huw gartre. Yn araf, dechreuodd e a Huw siarad – yn gyntaf am Gareth ac yna am farwolaeth Rhydian yn y rhyfel yng ngogledd Affrica. Bu'r ddau yn crio ac yn ceisio helpu ei gilydd, ond gallai Huw weld bod ei dad yn ddig iawn y tu mewn. Roedd e'n ddig am fod bywyd wedi dwyn tri pherson roedd e'n eu caru – ei wraig, Rhydian, a nawr Gareth.

'Dim ond ti a fi nawr, fachgen,' meddai ei dad. 'Dw i ddim yn moyn i ti fynd yn ôl i'r pwll glo 'na.'

'Rhaid i fi fynd, Dad, dych chi'n gwbod 'ny,' atebodd Huw. 'Beth arall galla i ei wneud? 'Sdim byd arall yn Nhreddafydd – dim ond y pwll glo.'

Ddwedodd ei dad ddim gair.

Y noson honno cwrddodd Huw â Megan ger yr afon. Dyma'r tro cyntaf iddyn nhw fod ar eu pennau eu hunain ers marwolaeth Gareth. Gwrandawodd hi arno wrth iddo fe siarad am ba mor **wag** roedd y tŷ heb ei frawd. Roedd Gareth wedi gofalu am Huw pan oedd e'n ifancach a gyda'i gilydd roedden nhw wedi gofalu am eu tad. Hebddo fe, teimlai Huw ar ei ben ei hun.

'Dwyt ti ddim ar dy ben dy hun,' meddai Megan. 'Dw i gyda ti. Fydd dim yn newid 'ny.' Gallai hi weld bod Huw yn **brifo** y tu mewn. Roedd hi eisiau gwella ei boen, ond roedd hi'n gwybod mai'r unig beth allai hi ei wneud oedd gwrando.

rhythu – *to stare*	**dagrau** – *tears*
gwag – *empty*	**brifo** – *to hurt*

Roedd Huw yn ei charu hi am ei bod hi mor gryf, ac am ei bod hi'n deall. Yn sydyn, cydiodd e yn ei dwy law. 'Wnei di fy mhriodi i?' gofynnodd Huw.

'Beth? Gwnaf, wrth gwrs,' gwenodd Megan. 'Ond . . .'

'Paid â dweud "ond". Dw i'n gwybod popeth am yr "ond",' atebodd Huw. 'Mae hi'n ddigon dy fod ti wedi dweud "gwnaf".'

Cusanodd y ddau. Dim ond pan deimlodd Megan y dagrau yn rhedeg i lawr wyneb Huw wnaethon nhw stopio cusanu.

Cerddodd Huw a Megan yn araf yn ôl i gartre Megan.

'Hei, edrych, dyna dy dad a dy fam,' meddai Huw, wrth weld Mr a Mrs Jenkins yn cau drws ffrynt y siop.

'Ie, maen nhw'n mynd i ymweld ag Anti Mair,' atebodd Megan. 'Mae croeso i ti ddod i mewn.'

Aethon nhw i fyny'r grisiau i'r fflat uwchben y siop lle roedd Megan a'i theulu'n byw. **Sylweddolodd** Megan mai dyma'r tro cyntaf iddi hi a Huw fod yno ar eu pennau eu hunain. Roedd tân cynnes yn llosgi yn y lolfa. Eisteddon nhw gyda'i gilydd ar y soffa a siarad, a chriodd Huw eto. Daliodd Megan e yn ei breichiau nes iddo fe dawelu. Yna dechreuon nhw gusanu ac aeth eu cusanau'n gryfach ac yn gryfach.

Cododd Megan ac aeth allan o'r stafell. Doedd Huw ddim yn gwybod beth i'w wneud, ond yna daeth hi'n ôl i'r stafell. Roedd hi wedi **dadwisgo** ac yn sefyll yno'n **noeth** yng ngolau'r tân.

'O Megan, rwyt ti'n brydferth,' meddai Huw. 'Ond . . . wyt ti'n siŵr mai dyma beth wyt ti ei eisiau?'

'Ydw, Huw,' meddai Megan mewn llais tawel. 'Paid â siarad. Dere ata i.'

---

sylweddoli – *to realise*   **dadwisgo** – *to undress*

noeth – *naked*

Buon nhw'n caru ar y llawr. Dyma'r tro cynta i'r ddau ohonyn nhw ac roedd e'n arbennig iawn.

Pennod 5
Gadael Treddafydd

Y diwrnod aeth Huw yn ôl i'r gwaith, dechreuodd ei dad e yfed unwaith eto. Roedd e'n ddiwrnod ofnadwy i'r ddau ohonyn nhw. **Gorfododd** Huw ei hun i fynd i mewn i lifft y pwll glo. Roedd hi'n anodd iawn iddo fe fynd i lawr i'r fan lle roedd Gareth wedi marw wythnos ynghynt.

Hanner awr ar ôl i Huw adael y tŷ, cerddodd Dai Thomas i mewn i dafarn y Llew Coch. Arhosodd e yno drwy'r dydd. Roedd ei dŷ ei hun yn rhy dawel, ac roedd cofio yn rhy boenus. Roedd yr yfed yn lladd y boen. Yn y Llew Coch gallai e yfed ac anghofio.

Yn yr wythnosau ar ôl hynny, roedd dyddiau pan na fyddai'r tad a'r mab yn gweld ei gilydd. Ond un diwrnod, ffoniodd yr heddlu Huw. Roedd Dai Thomas wedi dechrau ymladd yn y dafarn. Roedd rheolwr y dafarn wedi ffonio'r heddlu ac roedd Dai Thomas yn yr orsaf nawr.

'Torrodd e rai byrddau a chadeiriau yno, chi'n gwybod,' meddai'r **heddwas** wrth Huw. 'Mae'ch tad yn ddyn cryf – a hyd yn oed yn gryfach pan mae e wedi cael ychydig i'w yfed.'

---

gorfodi – *to force*   **heddwas** – *policeman*

'Dw i'n gwybod,' meddai Huw. 'Beth sy'n digwydd nawr?'

'Wel, dych chi'n lwcus,' atebodd yr heddwas. 'Dwedodd yr hen Bryn Morgan, rheolwr y dafarn, fydd e ddim yn mynd â'r mater ymhellach. A fyddwn ni ddim chwaith . . . y tro 'ma. Ond rhaid i hyn beidio â digwydd byth eto.'

'Allwn ni ddim mynd ymla'n fel hyn,' meddai Huw wrth ei dad, wrth iddyn nhw gerdded yn ôl adre.

'Dw i'n gwybod, fy mab, dw i'n gwybod. Dw i'n addo bydda i'n stopio. Ddigwyddith e ddim eto, gei di weld.'

Ond lwyddodd Dai Thomas ddim i **gadw ei addewid**. Gydag amser, dechreuodd e yfed unwaith eto. Ar y dechrau, roedd pobl y pentre'n deall: 'Druan â Dai, mae e wedi cael bywyd trist.' Ond nawr roedd popeth wedi newid. Doedd hyd yn oed ei ffrindiau ddim mor **amyneddgar** wrtho.

Yr unig amser roedd Huw yn teimlo'n gwbl hapus oedd yr amser pan oedd e gyda Megan. Roedd eu cariad tuag at ei gilydd yn gryf. Siaradon nhw am eu presennol a'u dyfodol. Siaradon nhw am Gareth, ac roedd hynny'n beth da i Huw. Roedd ei dad yn **gwylltio**'n aml pan oedd e'n clywed enw Gareth gartre, ond roedd Huw angen cofio ei frawd.

'Ti'n gwybod, Megan,' meddai Huw'n dawel iawn wrth iddyn nhw eistedd ar ben y bryn, 'rhaid i fy nhad adael y lle 'ma. Dyna'r unig obaith sy gyda fe o gael ei fywyd yn ôl at ei gilydd. Os arhosith e yma, bydd y ddiod yn ei ladd e – un ffordd neu'r llall. A dw i ddim yn credu galla i adael i hynny ddigwydd iddo fe.'

'Beth wyt ti'n ei ddweud, Huw?' meddai Megan. Gallai hi weld

---

cadw ei addewid – *to keep his promise*   **amyneddgar** – *patient*

gwylltio – *to lose one's temper*

o edrych ar ei wyneb e ei bod hi'n anodd iddo fe siarad. Ac roedd teimlad drwg yn tyfu y tu mewn iddi hi.

Edrychodd Huw arni hi ac meddai, 'Cawson ni lythyr pan fuodd Gareth farw, wrth Wncwl Iorwerth yng Nghanada. Brawd Dad yw e. Aeth e i Toronto pan o'n i'n bedair blwydd oed. Ta beth, mae e wedi gofyn i ni fynd yno i fyw gyda fe. Mae e'n dweud bydd e'n anfon arian aton ni i dalu am y daith ar y llong.'

'Ac wyt ti eisiau mynd?' gofynnodd Megan.

'O Megan, sut gelli di ofyn 'ny? Rwyt ti'n gwbod 'mod i byth eisiau dy adael di,' atebodd Huw. 'Ond os . . .'

'All dy dad ddim mynd ar ei ben ei hun?' Roedd llais Megan yn dawel iawn.

'Elli di ddim gweld? Dw i'n rhan o'r broblem,' meddai Huw, gan ddal wyneb Megan yn ei ddwylo. 'Eith e ddim a 'ngadael i'n gweithio yn y pwll glo. Dw i'n ei weld e'n edrych arna i ac yn cofio beth ddigwyddodd i Gareth. Mae e'n casáu'r pwll glo a phopeth yn Nhreddafydd.'

'A beth amdanon ni, Huw?' Roedd tristwch yn llais Megan.

'Ti yw'r peth **harddaf** yn fy mywyd i, Megan,' meddai Huw. 'Dw i ddim yn mynd i dy golli di. Ond mae rhaid i fi fynd gyda fe.' Tynnodd Huw hi i'w freichiau ac am ychydig funudau fe ddaliodd y ddau ei gilydd.

'Wyt ti'n meddwl gelli di aros amdana i?' gofynnodd Huw.

'Wn i ddim. Beth wyt ti'n ei feddwl? Am faint o amser fydd yn rhaid i fi aros?' Dechreuodd Megan grio. Daliodd Huw hi'n agosach ato.

'Mae Wncwl Iorwerth yn dweud bod llawer o waith sy'n talu'n

---

harddaf – *loveliest*

dda yn Toronto. Mae hi'n ddinas fawr. Fallai gallwn i wneud gwaith arlunio hyd yn oed. Dw i'n gwybod galla i ennill arian yn rhwydd, a fydda i ddim yn gwario llawer.' Roedd Huw yn siarad yn gyflym nawr. 'Ac yna, mewn blwyddyn, fallai, galla i dalu i ti ddod ata i . . . neu ddo i yn ôl 'ma a gallen ni briodi cyn i'r ddau ohonon ni fynd yn ôl i Ganada.'

'Mae hi'n edrych fel taset ti wedi trefnu popeth,' meddai Megan mewn syndod.

'Na, dw i ddim, ond wyt ti'n meddwl ei bod hi'n bosib?'

'Ydw . . . o, wn i ddim . . .' meddai Megan.

'Wyt ti eisiau i fi siarad â dy rieni di am ein cynlluniau ni?' gofynnodd Huw.

'Na, dim nawr,' atebodd Megan. 'Siarada i gyda nhw. Ca i ddigon o amser i ddewis yr amser iawn.'

'Un peth arall. Os galla i ennill arian da yn Toronto, fallai sylweddolith dy dad 'mod i'n wahanol – yn fwy na gweithiwr ym mhwll glo'r pentre. Rhywun gyda dyfodol, rhywun fyddai'n ddigon da i'w annwyl ferch.' Gwyddai Huw y basai Harri Jenkins yn hapus i'w weld e'n mynd i Ganada.

'O Huw,' meddai Megan. Allai hi ddim credu sut roedd eu sgwrs y noson honno wedi newid ei byd hi'**n gyfan gwbl**.

* * *

Felly, ar 28 Ebrill 1946, gadawodd Dai Thomas a'i unig fab, Huw, bentre Treddafydd am fywyd newydd yng Nghanada.

I Huw a Megan, ffarwelio oedd y peth mwya anodd iddyn nhw

---

yn gyfan gwbl – *completely*

ei wneud erioed. Cwrddon nhw yn eu lle arferol ger yr afon.

'Bydda i'n meddwl amdanat ti bob dydd,' meddai Huw, gan ei dal hi'n agos ato fel petai e ddim eisiau ei **gollwng** hi byth eto. 'Ac fe ysgrifenna i'r funud cyrhaedda i yno.'

Roedd Megan yn crio ar ei ysgwydd. 'Dw i'n gwybod dy fod ti'n meddwl 'mod i'n berson cryf, ond pan fyddi di mewn gwlad newydd, bydd popeth yn wahanol i ti. Byddi di'n cyfarfod â llawer o bobl newydd. Bydda i 'ma, yn gwneud yr un hen bethau. Wyt ti'n meddwl byddwn ni'n teimlo yr un fath tuag at ein gilydd ymhen blwyddyn?'

Tynnodd Huw yn ôl ac edrych yn ddwfn i'w llygaid hi. 'Ydw, Megan,' meddai. 'Dw i'n gwybod fydda i byth yn newid.'

Cusanon nhw am y tro olaf. Gwyliodd Megan Huw yn mynd o'i golwg hi. O'r funud honno, teimlai Megan fod rhan ohoni hi wedi marw.

---

gollwng – *to let go*

Rhan 2
Hanner can mlynedd yn ddiweddarach

Pennod 6
Y llythyr

Treddafydd 1996

Eisteddai Megan a'i merch, Bethan, yn lolfa tŷ Megan. Roedden nhw'n mynd drwy hen focsys oedd yn llawn cardiau, hen bapurau newydd, lluniau a llythyron.

'Wel!' meddai Bethan, wrth iddi chwilio drwy un o'r bocsys. 'Alla i ddim credu bod Dad-cu a Mam-gu wedi cadw'r holl bethau 'ma!'

'Dw i'n gwybod,' meddai Megan. Roedd ei rhieni hi wedi marw ers rhai blynyddoedd bellach ac roedd hi wedi dod o hyd i'r bocsys yma i gyd yn eu stafell wely nhw. Ond tan nawr doedd hi ddim wedi edrych drwyddyn nhw. 'Wel,' meddai, 'dim ond un bocs sy ar ôl.'

'Rhaid i fi fynd nawr, a dweud y gwir,' meddai Bethan gan edrych ar ei horiawr. 'Mae Philip yn disgwyl i fi gyrraedd adre erbyn pump o'r golch.' Philip oedd gŵr Bethan.

'Cer di, 'te, cariad. Dw i ddim eisiau stopio tan i fi orffen popeth fan hyn,' meddai Megan.

'Ffonia i di heno, Mam,' meddai Bethan. 'Paid â gwneud gormod neu byddi di wedi blino.'

'Wna i ddim. Diolch am dy help di heddi,' meddai Megan. Clywodd hi ei merch yn cau'r drws ffrynt.

Roedd Megan eisiau gorffen. Roedd hi eisiau ffonio Paul a dweud wrtho fe pa mor dda roedd hi wedi gwneud yn ystod y dydd. Roedden nhw'n mynd i briodi ymhen dau fis ac roedd hi'n mynd i symud i fyw i'w dŷ e yn Llundain. Roedd tŷ Paul yn eitha mawr, ond roedd e'n llawn o'i bethau e'n barod. Allai hi ddim mynd â holl bethau ei rhieni a'i phethau hi ei hun. Roedd rhaid iddi hi daflu llawer ohonyn nhw.

Tynnodd Megan y bocs ola tuag ati. Edrychodd hi y tu mewn iddo. Rhagor o lythyron. Cydiodd yn rhai ohonyn nhw ac edrychodd hi ar yr amlenni. Allai hi ddim credu beth roedd hi'n ei weld. Roedden nhw i gyd wedi'u **cyfeirio** ati hi, a phob un ohonyn nhw yn dod o Ganada. Doedd yr un ohonyn nhw wedi cael ei agor. Edrychodd hi ar y dyddiadau – 1946 ac 1947.

'O diar,' meddai. 'Huw!'

Roedd ei dwylo'n **crynu** wrth iddi hi ddechrau darllen un o'r llythyron. Y dyddiad oedd Awst 1946.

Annwyl Megan,

Dw i'n dal heb dderbyn llythyr wrthot ti. Alla i ddim credu ei bod hi'n cymryd pedwar mis i lythyron groesi **Môr Iwerydd**. *Beth sy wedi digwydd? Oes rhywbeth yn bod?*

---

cyfeirio – *to address*　　　　**crynu** – *to tremble*

Môr Iwerydd – *the Atlantic*

Eisteddodd Megan am oriau yn darllen pob llythyr. Erbyn y diwedd teimlai hi'n hollol wag ac yn flinedig ac roedd ei chalon hi'n llawn poen. Cofiodd am yr holl gariad oedd rhyngddi hi a Huw pan oedden nhw'n ifanc. Ond yn fwy na hynny, cofiodd gymaint o boen a deimlodd hi pan dderbyniodd hi ddim llythyr oddi wrtho fe. Roedd hi wedi treulio sawl noson yn crio yn ei stafell.

Nawr roedd hi'n sylweddoli beth roedd ei thad hi wedi ei wneud. Roedd e wedi cuddio'r llythyron, er ei fod e'n gwybod ei bod hi'n anhapus. Roedd hi'n gwybod bod ei thad yn credu bod Huw ddim yn ddigon da iddi hi, ond doedd hi erioed wedi sylweddoli gymaint roedd e'n ei gasáu e.

Aeth Megan â'r llythyron i lawr llawr. Eisteddodd hi a'u gosod nhw wrth ei hochr. Yfodd chwisgi mawr, yna ysgrifennodd lythyr at Huw. Doedd dim syniad gyda hi a fyddai e byth yn derbyn y llythyr. 'Fydd e ddim yn yr un cyfeiriad ar ôl hanner can mlynedd – fallai ei fod e wedi marw hyd yn oed,' meddyliodd hi. Ond roedd hi'n gwybod bod rhaid iddi hi ysgrifennu.

✳   ✳   ✳

Toronto 1996

'Dad, llythyr i ti,' gwaeddodd Martin Thomas. Roedd ei dad yn gweithio yn ei stiwdio arlunio ym mhen ucha'r tŷ.

'Iawn, Martin. Bydda i lawr mewn munud,' atebodd ei dad, Huw.

Rhoddodd Martin y llythyr ar fwrdd y gegin, ac aeth yn ôl i'r ardd. Mis Mehefin oedd hi ac roedd y tywydd yn boeth, ond roedd yna **awel** ysgafn.

---

awel – *breeze*

'Ble mae'r llythyr, 'te?' gofynnodd Huw Thomas, gan sefyll wrth y drws yn dal dau gan o gwrw.

'Ar y bwrdd,' atebodd ei fab, gan gymryd un o'r caniau.

Cydiodd Huw yn y llythyr a darllen y marc post – Treddafydd.

'Cymru!' meddai Huw mewn syndod. 'Pwy sy'n ysgrifennu ata i o'r fan honno? Mae blynyddoedd wedi mynd ers i fi gael unrhyw newyddion o gartre.' Roedd Huw yn dal i siarad am Gymru fel 'cartre', er ei fod e'n byw yn Toronto ers llawer o flynyddoedd.

Gwelodd e fod y llythyr wedi ei gyfeirio at Huw Thomas, 2300 Stryd Ontario, Toronto. Dyna lle roedd e a'i dad yn arfer byw yn ystod eu blynyddoedd cynnar yn Toronto. Roedd rhywun yno wedi **darganfod** ble roedd e'n byw nawr ac wedi **ailgyfeirio**'r llythyr.

Felly pwy oedd yn ysgrifennu ato fe? Trodd e'r amlen drosodd yn ei ddwylo nifer o weithiau. Yna agorodd e'r llythyr a darllen:

Annwyl Huw,

Dw i ddim yn gwybod a fydd y llythyr yma yn dy gyrraedd di, a dw i ddim yn gwybod pam yn hollol dw i'n ysgrifennu atat ti ar ôl yr holl flynyddoedd hyn ond . . .

Trodd Huw i ddiwedd y llythyr a gwelodd:

Dymuniadau gorau,
Megan

Allai e ddim credu'r peth. Trodd yn ôl i ddarllen dechrau'r llythyr:

---

darganfod – *to discover*   **ailgyfeirio** – *to readdress*

. . . *ar ôl yr holl flynyddoedd hyn ond dw i newydd ddod o hyd i'r llythyron a anfonaist ti ata i o Ganada pan gyrhaeddaist ti 'na gyntaf. Creda fi, dyma'r tro cynta i fi eu gweld nhw a chriais ar ôl eu darllen, hyd yn oed ar ôl hanner can mlynedd. Des i ar eu traws nhw mewn bocs ynghanol papurau fy nhad. Roedden nhw heb gael eu hagor.*

Huw, do'n i ddim yn gwybod dy fod ti wedi ysgrifennu ata i. Ro'n i'n meddwl bod dy fywyd newydd di yng Nghanada wedi gwneud i ti anghofio amdana i. Nawr dw i'n sylweddoli bod fy nhad wedi cadw dy lythyron di. Dw i'n gallu cofio gofyn iddo fe a oedd unrhyw lythyr i fi, ac roedd e'n dweud bob tro, 'Na, mae e wedi anghofio amdanat ti, fy merch fach. Dwedais i wrthot ti mai un fel'na oedd e.' Yn y diwedd, ar ôl blwyddyn, dechreuais i ei gredu e.

Ond pam cadwodd e'r llythyron? Wyt ti'n meddwl ei fod e eisiau i fi ddod o hyd iddyn nhw pan fyddai hi'n rhy hwyr? Ta beth, mae e wedi marw nawr, felly alla i ddim gofyn iddo fe. Yr unig beth alla i ei ddweud yw ei bod hi'n ddrwg gen i. Mae'n ddrwg gen i am beth wnaeth fy nhad, mae'n ddrwg gen i dy fod ti ddim wedi clywed wrtha i, ac mae'n ddrwg gen i . . . am bopeth.

Gobeithio bydd y llythyr hwn yn dy gyrraedd di, o leia. Wrth gwrs, bydda i'n deall os fyddi di ddim eisiau ysgrifennu'n ôl ata i, ond os gwnei di, dw i'n dal i fod yn Megan Jenkins a dw i'n dal i fyw yn yr un cyfeiriad yn Nhreddafydd.

Dymuniadau gorau,

Megan

Darllenodd Huw y llythyr unwaith eto. Daeth **atgofion** am Megan a'r cyfnod dreulion nhw gyda'i gilydd yn Nhreddafydd yn

---

atgofion – *memories*

ôl iddo. Doedd e erioed wedi ei hanghofio hi. Allai e ddim. Bob dydd basai e'n edrych ar ei hwyneb hi ar wal ei stiwdio. Roedd ganddo fe ddarlun ohoni dynnodd e pan oedden nhw'n un ar bymtheg mlwydd oed. Roedd hwn wedi teithio gyda fe i bobman. Ond roedd clywed ganddi hi eto . . .

'Wyt ti'n iawn, Dad?' gofynnodd Martin, wrth iddo fe ddod i mewn i'r stafell.

'Dw i newydd gael llythyr wrth rywun ro'n i'n ei nabod flynyddoedd yn ôl,' atebodd Huw.

'Rhywun ro't ti'n ei nabod yn ôl yng Nghymru?'

'Ie. Dw i ddim yn gallu credu'r peth mewn gwirionedd.' Esboniodd Huw am Megan a'u cariad ifanc, a beth roedd e'n ei feddwl pan wnaeth hi ddim ateb ei lythyron e. Ceisiodd e gadw ei lais yn ysgafn. Doedd dim angen i Martin wybod pa mor ddwfn oedd eu cariad nhw.

'Mae ei thad hi'n swnio'n ofnadwy,' meddai Martin pan oedd ei dad wedi gorffen.

'Dim mewn gwirionedd. Roedd e eisiau'r gorau i'w ferch, a doedd e ddim yn credu taw fi oedd y gorau,' atebodd Huw. 'A ddarllenodd e ddim y llythyron erioed – felly doedd e ddim yn gwybod 'mod i'n gwneud yn dda draw 'ma.'

'Oedd Mam yn gwybod unrhyw beth am y Megan 'ma?' gofynnodd Martin yn ofalus.

'Dwedais i wrthi hi fod rhywun o gartre ar un adeg, ond . . . wel, wnes i ddim cyfarfod dy fam tan . . . tua . . . deg mlynedd ar ôl i fi adael Cymru. Felly, roedd Megan yn rhan o fy ngorffennol i – yn rhan o fywyd arall.'

Safodd Huw ar ei draed ac edrych allan drwy ffenest y gegin ar yr ardd. Roedd e'n meddwl am Megan, ac am ei gyn-wraig, Josie.

Roedd e a Josie wedi bod yn briod am ddeuddeg mlynedd cyn iddyn nhw gael **ysgariad**. Dwedon nhw fod eu priodas wedi dod i ben achos bod gormod o **wahaniaethau** rhyngddyn nhw, ond roedd Huw yn gwybod bod Megan yn rhan o'r broblem. Ar hyd yr amser, credai Josie ei fod e'n caru Megan yn fwy na hi. Felly, doedd beth roedd Huw newydd ei ddweud wrth Martin ddim yn hollol wir. Roedd Megan yn fwy na rhan o orffennol Huw.

Daeth Martin i sefyll yn ei ymyl. 'Wyt ti'n mynd i ysgrifennu'n ôl ati hi?'

'Dw i ddim yn gwybod,' atebodd Huw yn araf. 'Dw i angen amser i feddwl am hyn i gyd. Mae popeth mor sydyn.'

Cymerodd Huw y llythyr ac aeth yn ôl i fyny'r grisiau i'w stiwdio. Wnaeth e ddim peintio am weddill y prynhawn; dim ond eistedd yno ac edrych allan drwy'r ffenest.

---

ysgariad – *divorce*   **gwahaniaethau** – *differences*

Pennod 7
Amser penderfynu

Roedd llythyr Megan wedi troi byd Huw **wyneb i waered** . Yn y dyddiau ar ôl ei dderbyn e, aeth Huw allan i gerdded am oriau ar ei ben ei hun. Roedd ei feddwl e'n llawn pethau oedd wedi digwydd iddo fe yn ystod yr hanner can mlynedd diwetha. Cofiai e pa mor unig roedd e'n teimlo pan ddaeth 'na ddim llythyron oddi wrth Megan **'slawer dydd.**

Ar ôl dwy flynedd yn Toronto, roedd e wedi ennill digon o arian i fynd yn ôl i Gymru, ond doedd e ddim wedi mynd. Credai fod Megan ddim yn ei garu fe bellach a'i bod hi wedi anghofio amdano, felly ceisiodd e wneud yr un peth – ei hanghofio hi.

Roedd Huw a'i dad wedi gweithio'n galed yn eu gwlad newydd. Cawson nhw waith mewn ffatri oedd yn gwneud ceir ac roedd Dai Thomas wedi stopio yfed. Roedd e wedi priodi eto ac wedi bod yn hapus. Roedd y blynyddoedd yng Nghanada wedi bod yn dda i'w dad tan iddo fe farw ddeunaw mlynedd yn ôl.

Nawr, roedd Huw yn arlunydd **amlwg** ac roedd pobl yn talu

---

wyneb i waered – *upside down*   **'slawer dydd** – *long ago*
amlwg – *prominent, obvious*

miloedd o ddoleri am ei waith. Ddau fis yn ôl, roedd y cylchgrawn *Art* wedi ysgrifennu amdano fe a'i ddarluniau diweddara. Er hyn, doedd ei **fywyd carwriaethol** ddim wedi bod mor llwyddiannus.

Ers ei ysgariad oddi wrth Josie, roedd menywod eraill wedi bod yn ei fywyd, ond wrth iddo fe fynd yn hŷn, teimlai fod pob cyfeillgarwch yn **ymddangos** yn llai pwysig. Roedd ei fywyd e'n llawn ac yn ddiddorol mewn ffyrdd eraill – peintio, wrth gwrs, pysgota a cherdded yn y **coedwigoedd** a'r mynyddoedd. Roedd e'n hapus bod Martin a'r teulu'n rhannu ei dŷ. Roedd mwy na digon o arian gyda fe i wneud beth roedd e'n ei **ddymuno**. Ond nawr roedd Megan wedi dod yn ôl i'w fywyd.

Ar un o'i deithiau cerdded, darllenodd e lythyr Megan am yr **ugeinfed** tro. Dwedodd hi ei bod hi'n dal i fod yn Megan Jenkins. 'Felly,' meddyliodd Huw, 'phriododd hi erioed.' Cofiodd e amdani hi fel person cynnes, cariadus a deallus. Teimlodd yn drist wrth feddwl fallai na wnaeth hi rannu hynny gyda neb arall. Yna fe wnaeth e chwerthin wrtho'i hun. 'Fallai ei bod hi'n hapus i fod yn sengl,' meddyliodd. 'Neu fallai ei bod hi wedi priodi a bod rhywbeth wedi digwydd ac yna newidiodd hi ei henw yn ôl i Jenkins.' Oedd ots am hynny? Roedd popeth yn y gorffennol nawr.

Pan gyrhaeddodd e adre y noson honno dwedodd Huw wrth ei deulu ei fod e wedi gwneud penderfyniad: doedd e ddim yn mynd i ysgrifennu'n ôl at Megan. Yma roedd ei fywyd e nawr. Gwell gadael y gorffennol yn y gorffennol.

Yn hwyrach y noson honno, aeth Huw yn ôl i'w stiwdio ac, am

bywyd carwriaethol – *love life*	**ymddangos** – *to appear*
coedwig(oedd) – *wood(s)*	**dymuno** – *to wish*
ugeinfed – *twentieth*	

ryw reswm, dechreuodd e edrych drwy ychydig o'i waith cynnar. Roedd ganddo beintiadau a darluniau doedd e ddim wedi edrych arnyn nhw ers blynyddoedd. Daeth e o hyd i rai darluniau roedd e wedi'u tynnu yn y misoedd cyntaf ar ôl iddo fe gyrraedd Toronto. Llongau oedd y rhan fwyaf ohonyn nhw. Cofiodd sut roedd e'n arfer meddwl am gael un o'r llongau hynny a **hwylio** i ffwrdd. Weithiau roedd e wedi teimlo fel hwylio yn ôl i Gymru at Megan, ond wedyn roedd e eisiau dianc i unrhyw le.

Treuliodd e sawl awr yn **hel meddyliau**. Roedd hi'n bump o'r gloch y bore pan edrychodd e ar ei oriawr. Yn ara deg aeth e i'r gwely, gyda'i ben yn llawn o'r gorffennol.

---

hwylio – *to sail*   **hel meddyliau** – *to be lost in thought*

Pennod 8
Dweud wrth Bethan

Ddydd Sadwrn gyrrodd Megan o Dreddafydd i gyfeiriad Caerdydd. Roedd hi ar ei ffordd i dŷ Bethan i gael cinio. Ond doedd ei meddwl hi ddim ar y gyrru. Roedd ei meddwl hi ar y llythyron ac ar Huw.

Doedd hi ddim yn gwybod a oedd hi wedi gwneud y peth iawn yn ysgrifennu at Huw. Oedd e'n beth **dewr** neu'n beth ffôl i'w wneud? A beth roedd hi'n mynd i'w ddweud wrth Bethan heddiw? A beth am Paul? Oedd angen iddi hi ddweud wrtho fe am y llythyron hefyd? Roedden nhw wedi siarad am Huw, wrth gwrs, ond roedd pethau'n wahanol nawr. Doedd Huw ddim yn ddiogel yn y gorffennol bellach: roedd e unwaith eto'n rhan fawr o'r presennol.

Ond Paul oedd ei phresennol hi – a'i dyfodol hi. Yn chwe deg chwe blwydd oed, ac am yr ail waith yn ei bywyd, roedd hi'n gwneud **trefniadau** i briodi. Roedd hi wedi cwrdd â Paul Henderson rai blynyddoedd yn ôl drwy ei gwaith yn swyddfa **Croeso Cymru** a daethon nhw'n ffrindiau da. Doedd y ddau ohonyn nhw ddim yn gweithio nawr, felly roedden nhw'n gallu mynd ar eu gwyliau

---

dewr – *brave*   **trefniadau** – *arrangements*
Croeso Cymru – *Visit Wales*

gyda'i gilydd. Roedd Paul wedi mynd â hi i lefydd fel Japan a Peru – llefydd roedd hi wedi bod eisiau ymweld â nhw erioed. Ac yn ara deg roedd y cyfeillgarwch wedi tyfu i fod yn rhywbeth mwy. Stopiodd Megan y car y tu allan i dŷ Bethan. Roedd Bethan yn yr ardd ffrynt yn aros amdani hi.

'Bore da, Mam,' meddai hi, gan roi cusan i'w mam. 'Gest ti daith weddol?'

'Do, iawn. Mae hi'n llawer cyflymach nawr eu bod nhw wedi agor y darn newydd 'na o'r ffordd, on'd yw hi?' Dilynodd Megan ei merch i mewn i'r tŷ. 'Ble mae Philip?'

'Yn chwarae golff,' atebodd Bethan. 'Bydd e'n ôl y prynhawn 'ma.'

Roedd Megan yn falch. Roedd hi'n caru ei mab yng nghyfraith ond roedd beth oedd ganddi hi i'w ddweud ar gyfer Bethan. Basai'n **haws** siarad â hi ar ei phen ei hun.

Ar ôl iddyn nhw orffen bwyta, tynnodd Megan rai o lythyron Huw allan o'i bag a'u rhoi nhw ar y bwrdd.

'Des i o hyd i'r rhain y dydd o'r blaen,' meddai hi. 'Ti'n gwybod, yn y bocs ola. Ar ôl i ti fynd adre.'

'Pwy sy wedi eu hysgrifennu nhw?' gofynnodd Bethan wrth iddi hi estyn cwpanaid o goffi i'w mam.

'Wel ie – dyna'r peth . . .' Stopiodd Megan. Roedd hi'n gwybod bod y foment hon yn bwysig i Bethan. 'Maen nhw wrth Huw . . . Huw Thomas . . . dy dad di.'

'Fy nhad i! Nefoedd fawr!' Edrychodd Bethan ar yr amlenni ar y bwrdd ac yna edrychodd hi ar ei mam. Roedd hi **wastad** wedi gwybod am ei thad – roedd ei mam wedi dweud popeth wrthi hi

---

haws – *easier* **wastad** – *always*

pan oedd hi'n ifanc. Ond ers blynyddoedd doedd hi ddim wedi meddwl amdano fe – dim ond enw oedd Huw Thomas.

'Dyma ti,' meddai Megan, gan roi un o'r llythyron i Bethan. 'Gelli di ddarllen hwn.'

Darllenodd Bethan e'n gyflym. 'Oes rhagor o lythyron?' gofynnodd hi.

'Oes – tua hanner cant. Stopion nhw yn 1947,' meddai Megan yn dawel. 'Ysgrifennodd e ddim ar ôl 'ny.'

'Felly do't ti erioed yn gwybod dim byd amdanyn nhw . . . Roedd Dad-cu neu Mam-gu wedi eu cuddio nhw wrthot ti, felly, a . . .'

'Rwyt ti'n iawn – fy nhad oedd e, siŵr o fod. Dw i ddim yn meddwl bod fy mam yn gwybod amdanyn nhw chwaith. Fy nhad oedd yn erbyn Huw.'

'Ond ro't ti'n mynd i gael babi. Ro't ti'n fy nisgwyl i. Huw oedd fy nhad i. Sut gallai e?' Ddwedodd Bethan yr un gair arall.

'Dw i'n gwybod, Bethan. Mae hi'n anodd deall pethau. Yr unig beth alla i ei ddweud yw bod fy nhad yn gwneud beth roedd e'n meddwl oedd yn iawn i fi. Doedd e ddim yn berson drwg.'

'Dw i'n gwybod,' meddai Bethan. 'Ro'n i'n ei garu e. Roedd e'n dda iawn wrtha i pan o'n i'n fach. Dyna pam mae hi mor anodd credu pethau.'

'Roedd fy nhad wastad eisiau i fi wneud yn dda yn fy mywyd,' meddai Megan, gan geisio esbonio. 'Roedd e eisiau i fi fynd i'r coleg a bod yn well na'r bobl ifanc eraill oedd yn y pentre. Doedd e erioed wedi meddwl bod Huw yn ddigon da i fi ac roedd hi'n amlwg ei fod e'n meddwl y byddwn i'n cael gwell bywyd hebddo fe.'

'Ond ti oedd i benderfynu 'ny, dim fe,' meddai Bethan.

'Cofia, dim ond dwy ar bymtheg oed o'n i ac ro'n i'n dal yn blentyn yn ei olwg e. Fallai ei fod e'n iawn. Cofia, edrychon nhw ar dy ôl di pan o't ti'n faban ac ro'n i'n gallu mynd i'r coleg.' Trodd Megan at ei merch, 'Ac fe gawson ni fywyd da gyda'n gilydd, on'd do fe? Ro'n ni'n deulu hapus.'

'O'n, Mam, mae hynny'n wir,' meddai Bethan gan osod ei braich o gwmpas ei mam. 'A beth amdanat ti? Sut wyt ti'n teimlo am bopeth nawr?'

'Dw i wedi ysgrifennu llythyr at Huw, ond chyrhaeddith e ddim, fwy na thebyg. Ro'n i'n teimlo bod rhaid i fi ddweud rhywbeth – **gwell hwyr na hwyrach**.' **Chwarddodd** Megan yn drist.

'Ddwedaist ti wrtho fe amdana i?' gofynnodd Bethan.

'Naddo, ro'n i'n meddwl dylen ni aros nes . . . os . . . ysgrifennith e'n ôl ata i. Dw i'n gobeithio bydd e'n ysgrifennu'n ôl. Dw i eisiau gwybod am ei fywyd e. Wnes i'r peth iawn, ddim yn dweud wrtho fe? Beth wyt ti'n ei feddwl?'

'Dw i eisiau iddo fe wbod amdana i, os yw e'n dal yn fyw,' atebodd Bethan.

'Dw i'n deall,' meddai Megan. 'A dweud y gwir wrthot ti, Bethan, mae e wedi dod yn ôl â llawer o hen deimladau. Ro'n ni'n caru'n gilydd gymaint, er ein bod ni mor ifanc.'

'Dw i'n cofio – ro't ti'n arfer siarad amdano fe. Ac fel plentyn, roedd e'n ymddangos mor rhyfeddol i fi.' Ddwedodd y ddwy ddim byd wrth ei gilydd am ychydig funudau. Yna gofynnodd Bethan, 'Wyt ti'n mynd i ddweud wrth Paul am hyn i gyd?'

'Ydw, wrth gwrs. Ond dyw hyn ddim yn newid dim,' meddai Megan. 'Dw i'n mynd i briodi Paul beth bynnag.'

---

gwell hwyr na hwyrach – *better late than never*

chwarddodd (chwerthin) – *he/she laughed*

Pennod 9
Ail lythyr

Cafodd Huw sioc arall pan gyrhaeddodd ail lythyr byr o Gymru.

Annwyl Mr Thomas,

*Dw i'n gwybod bod fy mam, Megan Jenkins, wedi ysgrifennu atoch chi **bythefnos** yn ôl. Gobeithio i chi gael y llythyr hwnnw. Am ryw reswm, dw i'n credu eich bod chi wedi'i dderbyn.*

'A! Felly *roedd* hi wedi priodi,' meddyliodd Huw.

Dwedodd hi wrtha i am eich llythyron – y rhai y daeth hi o hyd iddyn nhw. 'Dyn ni wedi siarad llawer amdanoch chi. Ond mae rhywbeth ddwedodd hi sydd ddim yn ei llythyr.

Mae hi'n ddigon hawdd i fi ysgrifennu hwn, ond mwy na thebyg dyw hi ddim mor hawdd i chi ei ddarllen e. Fi yw eich merch chi. Ces i fy ngeni ar 14 Tachwedd 1946, saith mis ar ôl i chi adael Treddafydd.

Felly, os cewch chi'r llythyr hwn, byddwch yn deall pam y basai'r ddwy ohonon ni wrth ein boddau'n clywed wrthoch chi.

Dymuniadau gorau,

Bethan Jones

---

pythefnos – *fortnight*

Nefoedd ar y ddaear! Oedd e'n wir? Oedd merch gyda fe? Gallai hyn fod yn wir – roedd y dyddiadau'n gywir. Cofiodd e'r tro hwnnw – yr unig dro – roedd e a Megan wedi caru. Roedd hynny'n weddol fuan ar ôl marwolaeth Gareth yn y pwll glo, ac roedden nhw wedi bod ar eu pennau'u hunain yn fflat ei rhieni hi am y tro cynta.

'Mae'n ddrwg gen i, Megan,' meddai Huw, wrth iddo fe siarad â'i ddarlun e ohoni. 'O't ti'n 'y nghasáu i am beth ddigwyddodd?'

Roedd rhaid iddo fe ysgrifennu'n ôl at Megan. Roedd ganddyn nhw ferch! Mor rhyfedd oedd clywed hyn! Tybed sut un oedd hi? Doedd dim byd yn llythyr Bethan i roi unrhyw syniad iddo. Roedd e eisiau ei chyfarfod hi, ond fyddai hi eisiau ei gyfarfod e? Basai hi'n anodd iawn i'r tri ohonyn nhw – roedd hanner can mlynedd o ddim byd rhyngddyn nhw.

Y noson honno dwedodd Huw wrth Martin a'i wraig am y llythyr. Doedd yr un ohonyn nhw'n gwybod mewn gwirionedd beth i'w ddweud. Roedd hi'n anodd i Martin ddeall bod gan ei dad ferch, merch doedd ei dad e erioed wedi gwybod amdani. I Rebecca roedd popeth yn ymddangos mor **afreal**.

'Arhoswch funud, Huw,' meddai hi. 'Mae rhywun yn ysgrifennu atoch chi yn dweud ei bod hi'n ferch i chi a dych chi'n ei chredu hi? Sut dych chi'n gwybod yn bendant?'

'Mae'n wir,' atebodd Huw yn araf. 'Yn fy nghalon i, dw i'n gwybod ei fod e'n wir.'

Edrychodd e ar Martin a Rebecca a dwedodd, 'Ta beth, dw i wedi penderfynu – dw i'n mynd i ysgrifennu'n ôl at Megan. Cawn weld beth fydd hi'n ei ddweud.'

---

afreal – *unreal*

Pennod 10
Ysgrifennu'n ôl

Bythefnos ar ôl hynny, tro Megan oedd derbyn llythyr. Pan welodd hi'r llythyr ar y llawr yn ymyl y drws ffrynt, neidiodd ei chalon hi. Roedd hi'n gwybod mai Huw oedd wedi'i anfon e. Eisteddodd hi gyda phaned o goffi yn ei llaw, ac edrychodd hi ar yr amlen. O'r diwedd, agorodd hi'r llythyr. Syrthiodd rhai lluniau o'r amlen. A dyna lle roedd e – yn gwenu arni hi. Gwenodd hi yn ôl arno fe, ei llygaid yn llawn dagrau.

Annwyl Megan – ar ôl hanner can mlynedd mae hi'n dda dweud hynny eto. Diolch i ti am ysgrifennu ata i. Ond pam ddwedaist ti ddim wrtha i am Bethan? Na, dw i ddim yn credu bod angen i fi ofyn y cwestiwn 'ny.

Fel rwyt ti'n gwybod, dw i'n siŵr, ysgrifennodd hi ata i ac esbonio popeth. Dw i'n meddwl ei bod hi'n hyfryd bod merch gyda ni. Ond, Megan, hoffwn i . . . mae 'na gymaint hoffwn i ei ddweud.

*Dw i'n ceisio **dychmygu** dy fywyd di gyda babi. Briodaist ti? Dyfodd Bethan i fyny gyda thad? O't ti'n fy nghasáu i am dy adael di ar dy ben dy hun?*

---

dychmygu – *to imagine*

Rhaid i fi wbod mwy nag y gall llythyron a lluniau ei ddweud wrtha i. Fyddai hi'n iawn i fi ddod i Dreddafydd i dy weld di a Bethan? Dw i eisiau i'r tri ohonon ni ddod i nabod ein gilydd.

*Dw i'n anfon ychydig luniau ohona i a fy nheulu. Mae gen i fab, Martin, a dau o **wyrion** hyfryd . . .*

Darllenodd Megan i ddiwedd y llythyr. Roedd Bethan wedi dweud wrthi hi ei bod hi wedi ysgrifennu at Huw, felly doedd hynny ddim yn syndod iddi. Ond roedd darllen ei eiriau a gweld ei wyneb e unwaith eto bron yn ormod iddi hi.

Roedd hi'n amser i Megan siarad â Bethan. Roedd rhaid iddyn nhw wneud penderfyniad gyda'i gilydd. Oedden nhw eisiau Huw yn ôl yn eu bywydau, neu ddylen nhw gario ymlaen fel o'r blaen – dim ond y ddwy ohonyn nhw? Ac roedd rhaid **ystyried** Paul.

Arhosodd Huw **yn ddiamynedd** am ateb oddi wrth Megan. Yn ei ben, roedd e'n cael sgyrsiau hyfryd gyda'r ddwy ohonyn nhw. Ond roedd e'n gwybod bod pethau ddim yn mynd i fod mor hawdd â hynny.

Yna, yn fuan ar ôl anfon y llythyr at Megan, derbyniodd e ateb – dim ond nodyn byr â llun o ddwy fenyw.

'**Mawredd!**' meddai'n dawel, gan siarad â'i llun hi. 'Edrych arnat ti! Rwyt ti yr un mor hyfryd, Megan. A hon yw ein merch ni, on'd ife? Ie, wrth gwrs. Galla i weld hynny.'

Yna, trodd e at y llythyr a darllen drwyddo tan iddo fe gyrraedd y ddwy linell olaf:

O.N. Dyma lun o Bethan a fi yn y lolfa uwchben y siop. Wyt ti'n cofio'r lolfa?

wyrion – *grandchildren*	**ystyried** – *to consider*
yn ddiamynedd – *impatiently*	**Mawredd!** – *Goodness!*

Cofio? Sut gallai e anghofio – roedden nhw wedi caru yn y stafell honno hanner can mlynedd yn ôl. Cofiodd ei **gwefusau** meddal ac arogl ei gwallt tywyll hi.

Edrychodd e ar y llun eto. Roedd y ddwy fenyw yn eistedd ar soffa gyda'i gilydd ac yn dal dwylo, y ddwy ohonyn nhw'n edrych ar y camera ac yn gwenu. Safodd Huw o flaen ffenest y stiwdio a chrio. Roedd cymaint o flynyddoedd wedi mynd heibio a chymaint o amser wedi ei golli. O weld pa mor agos roedd Megan a'i merch, roedd hi'n boenus meddwl ei fod e heb fod yn rhan ohono. Trodd y llun drosodd. Ar y cefn roedd y dyddiad, a'r geiriau 'Hoffai Bethan a finnau dy gyfarfod di'.

---

gwefus(au) – *lip(s)*

Pennod 11
Adre i Gymru

Roedd Huw, Martin a Rebecca yn eistedd yn yr ardd o flaen eu tŷ, yn yfed gwin ar noson gynnes.

'Felly, dyma fy hanner chwaer i, ife?' gofynnodd Martin, gan edrych yn agos ar y llun.

'Dere i fi gael gweld,' meddai Rebecca. 'O ie! Edrych ar ei thrwyn hi, Martin. Mae e'n union fel dy un di!'

'Dyw e ddim!' meddai Martin. Trodd y llun drosodd a darllenodd e'r neges. 'Wyt ti'n mynd draw i'w gweld nhw, Dad?'

'Ydw, dw i'n meddwl. Ydy hynny'n iawn gyda ti?'

'Mae e'n gam mawr, ond sut gelli di beidio â mynd i weld dy ferch?' atebodd Martin. 'Fyddet ti byth yn gallu byw gyda ti dy hun.'

'A Megan, hefyd,' meddai Huw. 'Dw i eisiau ei gweld hi eto.'

'Hei, beth am y syniad hyn, 'te?' meddai Martin yn sydyn. 'Do i gyda ti. Basai diddordeb mawr gyda fi i weld Treddafydd. Mae e'n rhan o fywyd ein teulu ni, on'd yw e? Do't ti a Dad-cu byth yn siarad am y lle. Yr unig beth ro'ch chi'n ei ddweud oedd bod Toronto yn llawer gwell.'

'Dw i'n gwybod,' meddai Huw dan chwerthin. 'Cyrhaeddon ni'n

syth ar ôl y rhyfel yn Ewrop. Roedd bywyd yn anodd iawn yng Nghymru pan adawon ni.'

'Beth amdani, 'te? Ti a fi,' meddai Martin. Roedd e'n dechrau edrych ymlaen at y syniad o deithio gyda'i dad.

'Rywbryd eto, Martin,' meddai Huw yn dawel. 'Y tro 'ma – dim ond fi. Iawn?'

'Iawn,' meddai Martin, gan ychwanegu, 'ond dim ond os wyt ti ddim yn penderfynu aros yng Nghymru.'

'Paid â phoeni,' meddai Huw, 'dw i ddim yn mynd i aros yno. Yng Nghanada mae fy nghartre a fy ngwaith i, a dych chi 'ma. Bydda i'n ôl.'

*   *   *

Felly ddiwedd y mis, **hedfanodd** Huw i Lundain. Roedd e wedi ysgrifennu at Megan, ac at Bethan, i ddweud ei fod e'n dod, ond doedd e ddim wedi dweud pa ddiwrnod. Penderfynodd e beidio â gwneud hynny, fel y gallai e newid ei feddwl y funud olaf. Ond nawr roedd yr awyren bron â **glanio** .

Roedd y car roedd e wedi ei **logi** yn y maes awyr yn barod. Roedd e wedi cysgu'n dda ar yr awyren, felly roedd e'n gallu cadw pen clir i yrru. Ac roedd e angen hynny – doedd gyrru ar yr ochr chwith ddim yn hawdd!

Wrth iddo agosáu at Dreddafydd, teimlai ei hun yn mynd yn fwy **ansicr**. Sylweddolodd e ei fod e'n poeni am beth allai ddigwydd. Roedd un hanner ohono fe'n ofni na fyddai e ddim yn hoffi Megan,

hedfan – *to fly*	**glanio** – *to land*
llogi – *to hire*	**ansicr** – *uncertain*

na Bethan, ac roedd yr hanner arall yn ofni y basai e'n eu hoffi nhw ormod. Roedd e'n ddyn oedd yn hoffi gwybod beth roedd e'n ei wneud a pham. Cyn iddo fe dderbyn llythyr cynta Megan, roedd ei fywyd e'n hynod o **drefnus**, ond nawr roedd pethau'n wahanol. Teimlai fel un a oedd yn un ar bymtheg mlwydd oed unwaith eto.

Dim Megan a Bethan oedd yr unig reswm am hyn – ond Treddafydd hefyd. Roedd e a'i dad wedi gadael y lle gymaint o flynyddoedd yn ôl, ac ar adeg wael iawn yn eu bywydau nhw. Doedd dim syniad gyda fe sut roedd e'n mynd i deimlo pan welai e'r lle eto.

Y tu allan i Dreddafydd, stopiodd e mewn tafarn. Roedd angen diod arno.

Gosododd y dyn y tu ôl i'r bar wydraid o gwrw o'i flaen e. 'Ydych chi 'ma ar wyliau?' gofynnodd e.

'Ydw, mewn ffordd,' atebodd Huw.

''Dyn ni ddim yn cael llawer o bobl 'ma ar eu gwyliau. 'Sdim byd i'w wneud y ffordd 'ma, dim byd i'w weld mewn gwirionedd.'

'Ro'n i'n arfer byw 'ma flynyddoedd yn ôl,' meddai Huw.

'O'ch chi wir?' Edrychodd y dyn arno fe gydag ychydig mwy o ddiddordeb. 'Byddwch chi'n gweld bod y lle wedi newid, 'te.'

'Siŵr o fod,' meddai Huw, gan geisio mwynhau ei gwrw oedd ychydig yn gynnes. 'Beth am y pwll glo yn Nhreddafydd? Ydy e'n dal i weithio?'

'Na, caeodd e ryw bymtheg mlynedd yn ôl. Wel, mae e'n dal ar agor, ond dim ond i dwristiaid, dim i gael glo.'

Ond doedd Huw ddim eisiau siarad rhagor. 'Oes ffôn cyhoeddus 'ma galla i ei ddefnyddio?' gofynnodd e.

---

trefnus – *organised*

'I mewn yn fan 'na,' meddai'r dyn gan ddangos drws ar yr ochr chwith iddo.

Aeth Huw drwy'r drws. Cododd y ffôn a ffoniodd rif Megan.

Pennod 12
Dechrau newydd

'O diar!' meddai Megan. 'Pam mae'r ffôn 'na wastad yn canu pan dw i newydd eistedd i lawr? Helô?'

'Sut mae? Huw sy 'ma. Ti sy 'na, Megan?'

'Huw! Ble wyt ti? Rwyt ti'n swnio mor agos!' Dechreuodd Megan grynu.

'Dw i yn y Ceffyl Du, ger Treddafydd,' meddai.

'O Huw, pam wnest ti ddim . . .' Ac yna fedrai hi ddim dweud rhagor.

Siaradon nhw ddim am rai eiliadau. Doedd yr un o'r ddau ohonyn nhw'n gallu credu eu bod nhw mor agos at y person roedden nhw wedi'i golli hanner can mlynedd yn ôl. Pan ddwedodd Megan rywbeth o'r diwedd, roedd ei llais hi'n llawn dagrau. 'Dere i ni gwrdd yng Ngwesty Treddafydd. Mae e ar Stryd y Bont. Wyt ti'n ei gofio fe?'

'Na'dw, ond do i o hyd iddo. Wela i di yno mewn hanner awr?'

'Na, mae angen ychydig mwy o amser arna i,' meddai Megan. Roedd hi eisiau peth amser i gael trefn arni hi ei hun ac ar ei meddyliau. 'Dere i ni gwrdd ychydig yn hwyrach . . . tua saith o'r gloch?'

'Iawn,' atebodd Huw. 'A Megan . . . mae hi'n dda clywed dy lais di. Fedra i ddim credu 'mod i'n siarad â ti unwaith eto, a dweud y gwir.' O'r funud roedd Megan wedi ateb y ffôn, roedd Huw wedi teimlo'n sicr unwaith eto. Doedd e ddim yn poeni am gwrdd â hi nawr – roedd e'n teimlo'n **awyddus** i'w gweld hi.

'Dw i'n gwybod, Huw,' meddai Megan yn dawel. 'Dw i'n hapus dy fod ti 'ma.'

Yn syth ar ôl iddi hi orffen siarad â Huw, ffoniodd Megan Bethan. 'Mae e wedi cyrraedd,' meddai, gan wybod nad oedd eisiau iddi hi ddweud pwy oedd wedi cyrraedd.

'A? Wyt ti wedi ei weld e?' gofynnodd Bethan. Atebodd Megan ddim yn syth. 'Wyt ti'n iawn, Mam?'

'Ydw, mae'n ddrwg gen i, cariad. Dw i'n cwrdd â fe am saith o'r gloch. Ond dw i ddim yn teimlo'n ddewr iawn. Dw i'n credu 'mod i'n **difaru** ysgrifennu ato fe. Wedi'r cwbl . . . beth ydyn ni'n mynd i siarad amdano? O Bethan, mae popeth yn ormod i fi!'

'Paid â phoeni, Mam,' meddai Bethan. 'Dw i'n siŵr bydd popeth yn iawn. Cymer bethau fel maen nhw'n dod. Ffonia fi nes ymlaen. A chofia, dw i'n dy garu di.'

Am saith o'r gloch y noson honno cerddodd Megan i mewn i Westy Treddafydd. Roedd Huw yn eistedd mewn cadair freichiau fawr, gyferbyn â'r **fynedfa**, lle gallai e weld pawb oedd yn dod i mewn. Gwelon nhw ei gilydd yn syth.

Gwelodd Huw fenyw **fain** gydag wyneb **cadarn** a gwallt wedi **britho**. Gwelodd Megan ddyn tal, **golygus** â lliw haul ar ei wyneb.

awyddus – *eager*	**difaru** – *to regret*
mynedfa – *entrance*	**main** – *slim*
cadarn – *strong*	**britho** – *to turn grey*
golygus – *handsome*	

Gwnaethon nhw ysgwyd llaw ac yna cusanodd e hi ar ei dwy foch. Safodd y ddau yn edrych ar ei gilydd am ychydig, heb ddweud yr un gair. Yna, eisteddodd Megan yn y gadair freichiau feddal.

Am y ddwy awr nesaf, buon nhw'n siarad. Ar y dechrau, roedd y sgwrs ychydig yn anodd gyda llawer o 'Fedra i ddim credu 'ny!' a 'Ti yw e?' ac 'Ar ôl yr holl flynyddoedd hyn?' Ond yn ara deg dechreuon nhw siarad fel hen ffrindiau. Roedd hi'n hawdd siarad am eu cartrefi, gwaith, Treddafydd a Toronto. Ond roedd hi'n fwy anodd dod o hyd i eiriau addas pan oedden nhw'n siarad am Bethan.

'Megan, dwed wrtha i am Bethan, ein merch ni. Dw i eisiau gwybod popeth,' meddai Huw.

'Mae'n ddrwg gen i, ond dw i ddim yn meddwl amdani hi fel ein merch *ni*,' atebodd Megan yn ofalus. 'Fi yw'r unig **riant** mae hi wedi ei gael drwy gydol ei bywyd hi. Wrth gwrs, dw i wedi siarad â hi amdanat ti, ond dwyt ti erioed wedi bod yn berson real iddi.'

'Mae'n ddrwg gen i,' meddai Huw yn sydyn. 'Do'n i ddim yn **bwriadu** . . . Rwyt ti'n iawn, wrth gwrs. Ond dw i eisiau gwybod popeth amdani hi.'

'Wel,' atebodd Megan mewn llais mwy cyfeillgar. 'Mae hi'n byw yng Nghaerdydd. Mae hi'n briod ac mae tri o blant gyda hi sy wedi tyfu i fyny, felly mae tri ŵyr gyda ti hefyd.'

'Mae hynny'n gwneud pump i gyd. Mae dau blentyn gyda fy mab, Martin – David ac Amy.'

Esboniodd Megan, 'Mae eu busnes eu hunain gyda hi a'i gŵr – maen nhw'n **benseiri**. Roedd Bethan wastad â diddordeb mewn tynnu lluniau . . .'

---

rhiant – *parent*   **bwriadu** – *to intend*

penseiri – *architects*

'Fel fi,' meddai Huw, gan deimlo mor falch bod gyda fe rywbeth yn gyffredin â'i ferch. Yna, aeth e'n fwy **difrifol**. 'Roedd dy dad yn fy nghasáu i, on'd oedd e? Roedd yn well gyda fe dy fod ti'n **fam ddibriod** na dy weld di'n fy mhriodi i.' Teimlodd Huw ei hun yn **cynhyrfu**.

'Dw i ddim yn credu ei fod e'n dy gasáu di – roedd e'n fy ngharu i'n fwy, neu fallai ei syniadau e amdana i,' atebodd Megan.

'Oedd hi'n anodd i ti ar ôl iddi hi gael ei geni?'

'Oedd, a nac oedd,' atebodd Megan, gan eistedd yn ôl yn ei chadair. 'Pan ddwedais i wrth fy rhieni 'mod i'n disgwyl, ro'n nhw'n flin . . . yn drist, wedi'u brifo . . . popeth. Roedd gan fy nhad gynlluniau mawr i fi. Wyt ti'n cofio? Ar ôl i fi gael Bethan, es i i'r coleg a mynd yn athrawes, a gofalodd e a Mam am Bethan. Ro'n nhw'n wych, a dweud y gwir. Ro'n nhw'n ei charu hi a chafodd hi **blentyndod** hapus. Dim ond pan oedd hi'n gofyn am ei thad roedd y sgwrs yn mynd yn **oeraidd**. Ond dysgodd hi gydag amser. Dysgodd hi i fy holi i, ddim fy rhieni.'

Roedd tristwch yn llais Megan. Cymerodd Huw ei llaw hi ac, am ychydig eiliadau, doedd hi ddim wedi sylweddoli hynny. Gwenodd arno a thynnu ei llaw yn ôl. 'Ta beth, dy dro di yw hi nawr. Dw i eisiau gwybod mwy amdanat ti. Rwyt ti wedi gwneud yn dda gyda dy arlunio di, on'd wyt ti? Dw i mor falch.'

Roedd hi'n gallu edrych arno fe wrth iddo siarad am ei waith a gallai hi weld yr un Huw roedd hi wedi'i adnabod yr holl flynyddoedd yn ôl. Roedd hi eisiau **ymestyn** draw ato a'i gyffwrdd, ymestyn dros hanner can mlynedd . . . Ond sut gallai hi?

difrifol – *serious*	**mam ddibriod** – *unmarried mother*
cynhyrfu – *to get excited*	**plentyndod** – *childhood*
oeraidd – *cool, chilly*	**ymestyn** – *to reach*

Roedd hi'n noson braf, felly aethon nhw allan am dro bach. Roedd angen ychydig o awyr iach ar Huw. Roedd e'n teimlo'n flinedig ar ôl ei daith hir o Toronto, ond doedd e ddim eisiau dweud nos da wrth Megan. Safon nhw yno yn edrych i lawr ar yr afon.

'Ro'n ni'n arfer treulio llawer o amser yn cerdded ar lan yr afon 'ma, on'd o'n ni?' meddai Huw. 'Wyt ti'n cofio?'

'Ydw, wir,' dwedodd Megan gan chwerthin. 'Wel, doedd dim llawer o lefydd gyda ni, dim ond fan hyn neu ben y bryn.'

'Eitha gwir,' meddai Huw. 'A'r sinema. Aethon ni yno y noson gaeth Gareth ei ladd.'

'Do. Dw i'n cofio hynny'n dda,' atebodd Megan. 'Dw i'n meddwl am Gareth yn aml.'

'Wyt ti? Pam hynny?' gofynnodd Huw mewn syndod.

'Weithiau dw i'n mynd â grwpiau o ymwelwyr ar daith i lawr i'r pwll,' atebodd Megan. 'Mae'r daith yn mynd â phobl heibio'r fynedfa i'r twnnel lle syrthiodd y to. Mae Gareth wastad yn fy meddwl i pan 'dyn ni'n mynd heibio'r fan.'

Trodd Huw tuag ati. 'Ond pam a phryd ddechreuaist ti fynd i lawr i'r pwll?'

'O, mae hi'n stori hir,' meddai Megan. 'Ond pan o'n i'n gwybod bod y pwll yn mynd i gau, ces i'r syniad o geisio gwneud rhywbeth ag e. Ro'n i wedi **ymddeol** fel athrawes, felly roedd amser gyda fi. Dw i ddim yn mynd i lawr yn aml nawr. Mae'r rhan fwyaf o'r teithiau yn cael eu gwneud gan y **cyn-lowyr**. Dyna reswm arall dros beidio â gadael i'r pwll farw. Doedd dim byd arall ar gyfer y dynion. Nawr, o leia, mae swyddi gan rai ohonyn nhw.'

'Da iawn ti,' meddai Huw. 'Ro't ti wastad yn barod i **frwydro**,

---

ymddeol – *to retire*   **cyn-lowyr** – *former miners*

brwydro – *to fight*

on'd o't ti? Dw i'n credu hoffwn i fynd i lawr eto. Wnei di ddod gyda fi?'

'Does dim angen i fi ddod gyda ti. Rwyt ti'n nabod y lle yn well na fi,' meddai Megan.

'Ro'n i'n arfer nabod y lle, ond dim nawr. Dere gyda fi.'

'Iawn,' meddai Megan. 'Os wyt ti eisiau.'

Wrth iddyn nhw gerdded yn ôl i'r gwesty, dwedodd Megan fwy wrtho fe am ei gwaith hi yn y pwll. Esboniodd hi pa mor anodd roedd hi wedi bod i gael arian i **ddatblygu**'r pwll er mwyn ei agor e i dwristiaid.

'Cymerodd hi bum mlynedd, ac roedd e'n waith caled. Ond cwrddais i ag ambell berson diddorol, gan gynnwys dyn annwyl iawn o'r enw Paul Henderson, a . . . helpodd e fi'n fawr.' Roedd Megan wedi meddwl dweud 'a byddwn ni'n priodi fis nesa', ond wnaeth hi ddim. O leia roedd hi wedi cyflwyno enw Paul i'r sgwrs; nawr gallai hi siarad amdano fe, a fallai y tro nesa basai hi'n cwrdd â Huw, gallai hi ddweud wrtho fe ei bod hi'n mynd i briodi Paul.

---

datblygu – *to develop*

Pennod 13
Cinio gyda Bethan

Roedd Huw yn gweithio i lawr yn y pwll glo. Yn sydyn, roedd sŵn uchel a dechreuodd to'r twnnel ddod i lawr. Cododd e ei freichiau dros ei ben, ond mi gafodd e ei daro gan y graig a oedd yn syrthio i'r llawr. Gallai e weld dwylo Megan yn estyn am ei ddwylo e, ond doedd e ddim yn gallu eu cyffwrdd nhw. Yna syrthiodd rhagor o'r graig ac aeth popeth yn dywyll. Gwaeddodd e'n uchel ac yna'n sydyn dihunodd e. Eisteddodd e i fyny yn y gwely ac, am funud, doedd e ddim yn gallu cofio ble roedd e. Edrychodd e o'i gwmpas a sylweddolodd mai hon oedd ei stafell yng Ngwesty Treddafydd. Roedd e'n ddiogel; doedd e ddim yn y pwll. Gorweddodd e i lawr unwaith eto, ond doedd e ddim yn gallu mynd yn ôl i gysgu.

Roedd hi'n bump o'r gloch y bore. Cododd e ac aeth i eistedd wrth ffenest ei stafell wely. Edrychodd e allan ar y tywyllwch yn **diflannu** a'r haul yn codi. Roedd ei ben e'n llawn meddyliau – am Megan, Gareth, ei dad, Bethan – a sut roedd bywyd yn taflu pethau atoch chi pan doeddech chi ddim yn eu disgwyl nhw. Un peth oedd yn glir iddo fe, beth bynnag, a hynny oedd ei deimladau e tuag at

---

diflannu – *to disappear*

Megan. Roedd e'n ei charu hi. Dim yn yr un ffordd â phan oedd e'n ddwy ar bymtheg mlwydd oed, fallai, ond roedd e'n gwybod o hyd mai hi oedd yr unig un iddo fe. Roedd bod yn ei chwmni hi unwaith eto'n teimlo'n iawn. Roedd hyn fel dod adre. Roedd e eisiau bod yn ei chwmni hi **am weddill ei fywyd**. Roedd e'n siŵr o hynny. A Megan? Beth oedd hi'n ei deimlo tuag ato fe? Basai e'n ceisio darganfod hynny yn ystod y dyddiau nesaf.

Aeth e'n ôl i'r gwely a chysgodd e'n drwm. Dihunodd pan glywodd y ffôn.

'Mr Thomas,' meddai llais. 'Mae menyw yn y **dderbynfa** yn aros amdanoch chi.'

'Diolch,' meddai Huw, gan edrych ar y cloc. 'Dwedwch wrthi hi bydda i i lawr cyn bo hir.'

Roedd hi'n ddeg o'r gloch! Roedd Megan yn disgwyl amdano fe. Roedden nhw'n mynd i Gaerdydd i gwrdd â Bethan. Cafodd e'r gawod gyflyma a gafodd e erioed, yna gwisgodd a llwyddo i gyrraedd derbynfa'r gwesty mewn chwarter awr.

'Mae'n ddrwg gen i, Megan,' meddai, gan roi cusan iddi hi ar ei boch. 'Ces i noson wael. Ro'n i'n dal i gysgu pan ganodd y ffôn.'

Gwenodd Megan. 'Hoffet ti i fi yrru? Cyfle i ti ymlacio wedyn.'

'Syniad da,' atebodd Huw, gan wenu'n ôl arni. Roedd e'n hapus i'w gweld hi, gan wybod eu bod nhw'n mynd i dreulio'r diwrnod gyda'i gilydd.

Wrth i Huw agor drws y car i Megan, gwelodd e ei bod hi'n gwisgo mwclis arian. 'Megan, mae e'n dal i fod gyda ti!'

'Beth?' meddai Megan, ond symudodd hi ei llaw ar unwaith i gyffwrdd y mwclis. 'O, y mwclis. Ydy, wrth gwrs ei fod e gyda fi o hyd. Dw i'n ei wisgo fe'n aml.'

---

am weddill ei fywyd – *for the rest of his life*   **derbynfa** *– reception*

Eisteddodd Huw wrth ei hochr a gyrrodd hi allan o Dreddafydd. Dwedodd hi wrtho fe pa mor bwysig oedd y mwclis wedi bod iddi hi yn y dyddiau cynnar. Dyma'r unig beth oedd gyda hi ganddo – ar wahân i Bethan, wrth gwrs. Dwedodd Huw wrthi hi am y llun oedd gyda fe ohoni hi a sut roedd e'n mynd ag e i bobman.

Teimlai Megan yn gyfforddus gyda Huw yn ei hymyl. Doedd hi ddim wedi cael noson dda o gwsg chwaith – gormod o bethau'n mynd o gwmpas yn ei phen. Ond heddiw, roedd hi'n teimlo'n well. Dechreuodd hi siarad am Bethan. Roedd hi'n gwybod bod Bethan yn poeni ychydig am gwrdd â'i thad am y tro cynta, ac roedd hi'n meddwl bod Huw fwy na thebyg yn teimlo'r un fath.

Aeth Megan a Huw i mewn i'r bwyty lle roedden nhw'n cwrdd â Bethan. Edrychodd Huw o'r dde i'r chwith, yn chwilio am yr wyneb iawn. Safodd menyw dal gyda gwallt tywyll ar ei thraed a cherddodd hi tuag atyn nhw. Rhoddodd hi ei breichiau am Megan a'i dal hi am ychydig. Yna edrychodd hi ar Huw, rhoi ei llaw allan a dweud, 'Sut mae? Bethan dw i.'

'Helô, fi yw . . .' Stopiodd Huw ei hun rhag dweud 'Fi yw dy dad'. Yn lle hynny, dwedodd, 'Fi yw Huw.' Cymerodd e ei dwy law yn ei ddwylo. Edrychon nhw ar ei gilydd am amser hir, gan chwilio am rywbeth oedd yn dangos eu bod nhw'n dad a merch.

Siaradodd Megan. 'Edrychwch, dw i'n mynd i siopa am ychydig. Dw i'n meddwl basai hi'n well i chi'ch dau siarad ar eich pennau eich hunain. Bydda i'n ôl mewn rhyw awr.' A heb roi amser i'r un o'r ddau ohonyn nhw ddweud gair, cerddodd hi allan o'r bwyty.

O'r funud eisteddodd Huw a Bethan, stopion nhw ddim siarad. Dwedodd hi wrtho fe am ei phlentyndod yn y fflat uwchben y siop yn Nhreddafydd, ac am ei bywyd hi nawr, ei phlant a'i gŵr. Roedd hi'n gwbl gyfforddus yn ei gwmni.

'Roedd Mam yn eich caru chi, chi'n gwybod,' meddai Bethan.

'Hyd yn oed pan wnaeth hi ddim clywed wrthoch chi, roedd hi'n dal i'ch caru chi. Yn yr hanner can mlynedd diwetha, ddwedodd hi ddim byd drwg amdanoch chi. Dim fel Dad-cu – doedd e ddim yn hoffi clywed eich enw chi.' Gwnaeth Bethan chwerthin.

'Ro'n i'n ei charu hi hefyd,' meddai Huw. 'Roedd y blynyddoedd cynta yng Nghanada mor anodd i fi hebddi hi.'

'Mae hi'n berson arbennig,' meddai Bethan yn gynnes. 'Gobeithio ei bod hi'n mynd i fod yn hapus nawr.'

'Dw i eisiau ei gwneud hi'n hapus,' atebodd Huw, heb ddeall geiriau Bethan yn iawn. 'Bethan, dw i'n dal i'w charu hi. Dw i eisiau ei phriodi hi.'

'O!' meddai Bethan, gan sylweddoli bod ei mam ddim wedi dweud wrth Huw am Paul. Roedd rhaid iddi hi ddweud rhywbeth.

'Huw, ydy hi wedi sôn wrthoch chi am Paul? Paul Henderson?' gofynnodd Bethan.

'Dwedodd hi ei fod e'n ffrind. Pam?' Aeth Bethan yn dawel.

Meddai Huw, 'Oes rhywbeth mwy rhyngddyn nhw?'

'Oes,' meddai Bethan. 'Maen nhw'n bwriadu priodi fis nesa. Mae Mam yn mynd i symud i Lundain.'

'Ydy hi'n ei garu fe?' gofynnodd Huw, yn dawel.

'Dw i'n meddwl ei bod hi . . . Dw i ddim yn gwybod a dweud y gwir . . . Bydd rhaid i chi ofyn iddi hi.' Roedd Bethan yn hoffi Paul ac roedd hi'n credu ei fod e'n dda i'w mam. Roedd hi'n credu y bydden nhw'n cael bywyd hapus gyda'i gilydd. Ond roedd hi hefyd yn gwybod bod pethau ddim mor hawdd nawr fod Huw wedi dod yn ôl i'w bywydau nhw. Roedd hi'n gwybod bod gan ei mam deimladau cryf tuag at Huw o hyd – ond doedd dim hawl ganddi hi ddweud hynny. Basai rhaid i'w mam benderfynu drosti hi ei hun.

'Ydych chi wedi dweud wrthi hi sut dych chi'n teimlo?' gofynnodd Bethan.

'Na'dw. Mae hi'n rhy gynnar. Dw i eisiau rhoi amser iddi hi fy ngharu i unwaith eto. Yna, bydda i'n dweud wrthi hi. Dw i ddim yn mynd i'w cholli hi am yr ail dro,' meddai Huw yn dawel.

'Dw i'n gwybod bydd Mam yn dweud wrthoch chi am Paul. Dyw hi ddim yn un sy'n hoffi cuddio pethau. A ta beth, mae e'n dod draw i Dreddafydd dros y penwythnos. Mae pawb yn mynd i gael swper gyda'i gilydd. Fallai gallwch chi gwrdd ag e a gweld beth dych chi'n ei feddwl.' Edrychodd Bethan ar Huw yn ofalus ac ychwanegodd, 'Cymerwch ofal. Dw i'n caru fy mam yn fawr iawn. Dw i ddim eisiau i neb roi dolur iddi hi.'

Cyffyrddodd Huw â llaw Bethan a dwedodd, 'Wna i ddim rhoi dolur iddi hi – ddim eto.'

Gwenodd Bethan arno. Yna edrychodd hi i fyny a gwelodd ei mam yn dod i mewn i'r bwyty.

Pennod 14
Mewn cariad

Ar y ffordd yn ôl i Dreddafydd, siaradodd Huw am Bethan – gymaint roedd e'n ei hoffi, person mor gynnes oedd hi, sut yr hoffai e weld mwy ohoni. Roedd e wedi penderfynu ei bod hi'n well iddo fe siarad am Bethan nag amdano fe a Megan.

'Mae hi'n dod i Dreddafydd ddydd Sadwrn, i gael swper gyda ti a Paul, on'd yw hi? Fallai bydda i'n gallu treulio ychydig mwy o amser gyda hi bryd 'ny,' meddai Huw.

'Basai hynny'n syniad da,' meddai Megan. 'Mae Bethan wedi dweud wrthot ti am Paul – ein bod ni'n mynd i briodi? Ydy, wrth gwrs. Mae'n ddrwg gen i, Huw, ro'n i wedi meddwl dweud wrthot ti ddoe, ond doedd yr amser ddim yn iawn.'

'Pryd wyt ti'n ei briodi e?' gofynnodd Huw.

'**Yr unfed ar hugain** o Fedi. Dw i ar ganol gwerthu'r siop a'r fflat ar hyn o bryd. A phan fydd hynny i gyd wedi gorffen, bydda i'n symud i Lundain.' Doedd Megan ddim yn teimlo'n gyfforddus yn siarad â Huw am ei dyfodol hi gyda Paul. Er hynny, doedd hi ddim yn ymddangos fod gan Huw broblem gyda'r peth.

---

yr unfed ar hugain – *the twenty-first*

'A beth am Dreddafydd a dy holl ffrindiau di yma? A Bethan yng Nghaerdydd? Fyddi di ddim yn gweld eu heisiau nhw?' gofynnodd Huw.

'Bydda, wrth gwrs,' meddai Megan yn dawel. 'Bydd hi'n rhyfedd ar y dechrau, ond dw i'n barod am newid. Mae'r pwll yn gweithio'n dda – 'dyn nhw ddim fy angen i nawr. Mae gan Bethan a'r wyrion eu bywydau eu hunain. A dyw Paul a fi ddim wedi brysio – 'dyn ni wedi dod i adnabod ein gilydd yn dda iawn – a dw i'n gwybod byddwn ni'n hapus gyda'n gilydd. Dw i wedi dweud wrtho fe amdanat ti, a hoffwn i i ti gwrdd â fe ddydd Sadwrn. Wnei di **ymuno â** ni am swper?'

'Diolch. Hoffwn i hynny. A ga i ofyn i ti, Megan . . . wyt ti'n ei garu e?' Roedd rhaid i Huw ofyn. Allai e ddim parhau i fod yn neis. Allai e ddim cuddio ei deimladau rhagor. 'Wyt ti'n teimlo na elli di fyw hebddo fe? Wyt ti'n hapus bob tro rwyt ti'n ei weld e neu'n clywed ei lais e ar y ffôn? Elli di . . .?' Roedd gan Huw lawer mwy o gwestiynau roedd e eisiau i Megan eu hateb, ond stopiodd hi fe.

'Huw! Pam wyt ti'n gofyn hyn i gyd i fi?' gofynnodd Megan, mewn syndod. 'Dyw e ddim o dy fusnes di sut dw i'n teimlo am Paul!'

'Fallai ddim,' atebodd Huw. 'Ond dw i eisiau i ti fod yn siŵr dy fod ti'n gwneud y peth iawn, ac am y rhesymau iawn.'

Stopiodd Megan y car ar ochr y ffordd a throi i wynebu Huw. 'Wrth gwrs 'mod i'n siŵr,' atebodd hi, ychydig yn flin.

'Achos dw i'n credu ein bod ni'n dal i garu ein gilydd,' meddai Huw. 'Wel, fallai dylwn i ddweud 'mod i'n *gwybod* 'mod i'n dy garu di. Dw i wedi dy garu di erioed. Hyd yn oed pan o'n i'n briod â Josie – a dw i'n meddwl ei bod hi'n gwybod 'ny hefyd. A dw i'n meddwl

ymuno â – *to join*

dy fod ti'n dal i deimlo rhywbeth tuag ata i, on'd wyt ti?'

Eisteddodd Megan ac edrych yn syth o'i blaen. Doedd hi ddim yn gwybod beth i'w ddweud.

'Dw i ddim eisiau i ti briodi Paul,' ychwanegodd e. 'Dw i eisiau i ti fy mhriodi i. Ac mae pythefnos gyda fi i wneud i ti deimlo hynny hefyd.' Doedd Huw ddim wedi bwriadu dweud popeth fel hyn, ond roedd e eisiau i Megan fod yn glir am sut roedd e'n teimlo – a doedd dim llawer o amser gyda fe.

'Huw, elli di ddim dod yn ôl i fy mywyd i ar ôl hanner can mlynedd a dechrau trefnu popeth. Dwyt ti ddim yn fy ngharu i. Sut gelli di? Dwyt ti ddim yn fy nabod i. Dw i'n meddwl ei bod hi'n fendigedig ein bod ni wedi gallu cwrdd unwaith eto a dod yn ffrindiau. Ond mae fy nyfodol i gyda Paul.'

'Megan, ddweda i ddim rhagor am hyn. Ond dw i eisiau i ti addo gwnei di feddwl am beth dw i wedi ei ddweud,' meddai Huw yn dawel.

'Sut galla i beidio â meddwl am y peth?' meddyliodd Megan iddi hi ei hun.

Taniodd Megan y car a gyrron nhw yn ôl i Dreddafydd heb ddweud yr un gair wrth ei gilydd. Aeth Huw allan ger ei westy a ffarwelion nhw â'i gilydd. Dwedodd e y basai e'n ei ffonio hi **drannoeth**, ond wnaethon nhw ddim cynlluniau eraill. Teimlai Huw ei bod hi'n well iddo fe roi ychydig o amser i Megan ar ei phen ei hun – er ei fod e eisiau bod gyda hi bob awr o'r dydd.

---

drannoeth – *the next day*

Pennod 15
Hen lun

Roedd Huw yn iawn. Roedd angen amser ar Megan ar ei phen ei hun. Dyma hi, yn fenyw chwe deg a chwe blwydd oed, ac roedd dau ddyn eisiau ei phriodi hi! Wrth gwrs, doedd hi ddim yn mynd i briodi Huw. Doedd e ddim yn ei charu hi mewn gwirionedd. Roedd e newydd hedfan hanner ffordd o gwmpas y byd, ac mewn dau ddiwrnod roedd e wedi cwrdd â'i hen gariad a'i ferch doedd e ddim yn gwybod amdani. Felly, doedd hi ddim yn syndod ei fod e'n dweud pethau doedd e ddim yn eu **golygu** nhw mewn gwirionedd.

Fore trannoeth, paciodd Megan ragor o bethau. Ond roedd hi'n anodd iddi hi ddianc rhag ei meddyliau hi am Huw. Roedd popeth roedd hi'n ei roi mewn cês neu focs yn ei hatgoffa hi o ryw gyfnod yn y gorffennol. Ac roedd Huw yn perthyn i'r gorffennol.

Ffoniodd hi Paul i weld faint o'r gloch basai e'n cyrraedd drannoeth. Gofynnodd e sut roedd pethau wedi mynd rhwng Huw a Bethan a dwedodd hi wrtho fe fod popeth wedi mynd yn dda. Siaradon nhw am bethau eraill am ychydig ac yna dwedodd Megan wrtho fe fod Huw'n ymuno â nhw i swper. Dwedodd Paul

---

golygu – *to mean*   **fore trannoeth** – *the following morning*

fod hynny'n iawn. Doedd hi ddim yn gwybod sut roedd e'n teimlo am hynny mewn gwirionedd. Ond roedd hi'n braf ac yn hawdd siarad â fe, a theimlai hi'n ddiogel.

Wedi iddi hi roi'r ffôn i lawr, cofiodd hi am beth roedd Huw wedi ei ofyn iddi hi: 'Wyt ti'n hapus bob tro rwyt ti'n clywed ei lais e?' Pa fath o gwestiwn oedd hwnnw? Roedd e'r math o beth roeddech chi'n ei deimlo pan oeddech chi mewn cariad am y tro cynta, dim pan oeddech chi ei **hoedran** hi.

Yna canodd y ffôn eto. Y tro hwn Huw oedd yno. Dwedodd e wrthi hi ei fod e wedi bod yn cerdded o gwmpas y pentre a'i fod e wedi cwrdd â rhywun oedd yn yr ysgol gyda nhw. Dwedodd e sut roedden nhw wedi chwerthin am yr hen ddyddiau. Yna dwedodd e y byddai e'n hoffi cwrdd â hi am ddiod, neu swper, fallai. A fyddai hi'n hoffi hynny?

'Saith o'r gloch yn dy westy di?' gofynnodd Megan. 'Bydd hi'n dda cael dianc o'r fflat heno.'

'Gwych. Wela i di wedyn,' meddai Huw.

Roedd y sgwrs wedi bod yn ysgafn, yn gyfeillgar ac . . . ac roedd Megan wedi bod yn hapus iawn i glywed ei lais e.

Ychydig wedi saith o'r gloch y noson honno, ymunodd Megan â Huw yn stafell fwyta ei westy. Gallai Huw weld ei bod hi wedi blino ychydig, felly siaradodd e ddim am y ddau ohonyn nhw. Soniodd e wrthi hi am yr ardaloedd gwyllt gwych yng ngogledd Canada, ac am y storïau doniol am y byd celf yno. Dwedodd e ei fod e wrth ei fodd yn byw yno. Aeth dwy awr heibio mewn sgwrs hawdd a hapus.

'Nawr, dweda di rywbeth wrtha i,' meddai Huw gan wenu arni hi.

---

oedran – *age*

'Wel, ar ôl i ti ddweud dy fod ti wedi gweld Brian Perkins yn gynharach heddi,' meddai Megan, 'des i ar draws hwn – edrych.'

Dangosodd hi lun du a gwyn i Huw. Edrychodd e'n fanwl arno a gweld grŵp o tua deg ar hugain o blant tua thair neu bedair ar ddeg mlwydd oed. Roedd pawb yn sefyll yn syth ac yn gwenu ar y camera. Hen lun ysgol oedd e.

'Ac edrych, dyna ti yn y cefn gyda Brian Perkins,' dwedodd Megan gan chwerthin. 'A dyna fi, o'ch blaen chi. 'Dyn ni i gyd yn edrych mor ifanc a ffres, on'd y'n ni?'

'A fi yw'r unig un sy ddim yn edrych ar y camera. Dw i'n edrych arnat ti! Ti'n gweld, hyd yn oed bryd 'ny, dim ond ti oedd yn tynnu fy sylw i,' meddai Huw.

Wnaeth Megan ddim **ymateb**. Doedd hi ddim eisiau rhoi cyfle i Huw siarad amdani hi. Roedd hi wedi dod â lluniau eraill iddo fe edrych arnyn nhw – lluniau o'i ffrindiau a'i theulu, a lluniau o Bethan pan oedd hi'n fabi. Rhoddodd hi'r lluniau o Bethan i Huw, gan ddweud, 'Hoffet ti gadw'r rhain?'

Rhoddodd Huw nhw yn ei boced.

'Amser i fi fynd, 'dw i'n credu,' meddai Megan.

'Cerdda i adre gyda ti,' meddai Huw. Cerddon nhw i'w chartre hi drwy strydoedd tawel y pentre.

'Dw i'n hapus 'mod i wedi dod yn ôl i weld Treddafydd,' meddai Huw. 'Dyw e ddim yn lle ofnadwy fel dw i'n ei gofio fe. Dw i'n siŵr galla i roi'r gorffennol y tu ôl i fi nawr.'

'Da iawn,' meddai Megan. Yna meddyliodd iddi ei hun, 'Ydy hynny'n cynnwys fi hefyd?'

Ond wrth ei drws ffrynt hi dwedodd Huw, 'Megan, dw i wedi cael y teimlad drwy'r nos dy fod ti'n gobeithio na fyddwn i'n dweud

---

ymateb – *to react*

unrhyw beth amdanon ni'n dau. A wna i ddim, dim ond dweud 'mod i'n golygu'r hyn ddwedais i ddoe.'

'Plis, Huw, gawn ni beidio â siarad amdano fe?' meddai Megan. 'Fory rwyt ti'n mynd i gwrdd â Paul – y dyn dw i'n mynd i'w briodi.' Gafaelodd Megan yn ei ddwylo. 'Diolch i ti am noson hyfryd. Gwela i di 'ma fory.'

Aeth Megan i'r gwely y noson honno yn gwybod bod swper nos yfory yn mynd i fod yn anodd i bob un ohonyn nhw.

Pennod 16
Swper i bump

'Paul, dyma Huw. Huw, Paul.' Cyflwynodd Megan y ddau ddyn cyn iddyn nhw ysgwyd llaw. Yna diflannodd hi i'r gegin, gan adael iddyn nhw sgwrsio. Roedd Bethan a Philip yn hwyr. Roedd hi eisiau iddyn nhw fod yma nawr – roedd hi angen help.

'Dw i ddim yn gwybod beth sydd wedi digwydd i Bethan a Philip,' meddai hi. Cerddod hi draw at ffenest y lolfa. Roedd Huw a Paul yn sgwrsio'n braf.

'Roedd Philip yn hwyr yn gorffen chwarae golff fwy na thebyg,' meddai Paul, gan fynd draw i sefyll wrth ochr Megan. 'Mae e'n byw am ei golff ar y penwythnos, on'd yw e? Wyt ti eisiau diod arall, cariad?'

'Na, gwell peidio. O, dyma nhw nawr. Da iawn.' A diflannodd Megan o'r stafell unwaith eto.

'Mae'n flin gyda fi ein bod ni'n hwyr, Mam. **Arna i mae'r bai,'** meddai Bethan.

'Mae'n iawn,' meddai hi. Rhoddodd Bethan a Philip gusan yr un i Megan. 'A' i i orffen pethau yn y gegin. Bydd swper yn barod mewn rhyw ddeg munud.'

---

arna i mae'r bai – *it's my fault*

O'r gegin gallai hi glywed Paul yn chwerthin, ac yna Bethan. 'O, da iawn,' meddyliodd hi. 'Fallai fod popeth yn mynd i fod yn iawn. Fallai fod dim eisiau i fi boeni o gwbl.'

Aeth y sgwrsio'n dda dros swper. Roedd Bethan a Philip eisiau gwybod popeth am waith celf Huw, ac roedd Huw yn mwynhau dweud yr hanes. Ymunodd Paul hefyd – roedd e'n nabod arlunydd yn Llundain a oedd wedi prynu un o luniau Huw. Roedd Megan yn gallu eistedd yn ôl a gwrando; edrychodd Paul draw arni hi a gwenodd.

Gwyliodd, gwrandawodd ac ymunodd Megan yn y sgwrsio. Roedd hi'n gwybod ei fod e'n beth ofnadwy i'w wneud, ond dechreuodd hi gymharu Paul a Huw. Huw gyda'i wyneb brown, ei storïau a'r gorffennol roedden nhw'n ei rannu. A Paul garedig, a wnaeth iddi hi deimlo'n dda unwaith eto, ac a oedd yn rhan o'i dyfodol hi. Roedd hi'n rhyfedd gweld dau hanner ei bywyd hi yma yn yr un ystafell.

Unwaith neu ddwywaith gwelodd hi Huw'n edrych ychydig yn drist – pan oedd Bethan wedi dweud rhywbeth am ei hieuenctid. Sylweddolodd hi ei fod e'n ceisio cadw'r sgwrs yn ysgafn, a pheidio â gofyn gormod o gwestiynau am y gorffennol.

Am hanner nos, safodd Huw ar ei draed yn barod i fynd. Roedd y lleill yn aros dros nos yn nhŷ Megan. 'Paid ag anghofio, Megan, 'dyn ni'n cwrdd am ddeg bore fory i fynd ar daith o gwmpas y pwll glo.'

'Dw i ddim wedi anghofio. Gadawa i bawb 'ma i olchi'r llestri a gwela i di wrth fynedfa'r pwll.'

Cododd pawb ar eu traed i ddweud hwyl fawr wrtho. Ysgydwodd Paul ei law a dwedodd, 'Dw i wedi mwynhau cwrdd â ti, Huw, a fallai gall Megan a finnau ymweld â ti yng Nghanada ryw ddydd.

Byddwn i wrth fy modd yn dod i bysgota gyda ti.'

Ddwedodd Huw ddim byd, dim ond gwenu. Wrth y drws, trodd e a dweud, 'Paul, dw i'n credu dy fod ti'n ddyn da a dw i'n gobeithio y byddi di a Megan yn hapus iawn gyda'ch gilydd.' Rhoddodd e gusan i Bethan a Megan. Wrth i'r drws gau y tu ôl iddo, edrychodd Bethan ar ei mam.

Pennod 17
Amser mynd

Drannoeth, am ddeg o'r gloch y bore, camodd Huw a Megan i mewn i'r lifft i fynd i lawr i'r pwll. Lifft modern oedd e – dim fel yr un roedd Huw yn ei gofio. Teimlai e fel pe bai e mewn siop fawr, ddim mewn pwll glo. Ond pan agorodd y drysau ar y gwaelod, aeth ei feddwl e'n syth yn ôl hanner can mlynedd. Yr un arogl. Er bod popeth yn fodern nawr, basai arogl y glo bob amser yno, meddyliodd Huw. Dilynodd e Megan ar hyd un o'r twneli. Roedd golau yno nawr, ond doedd dim angen y golau arno. Roedd e'n gwybod ei ffordd o gwmpas gyda'i lygaid ar gau.

Roedd hi'n dawel i lawr yno. Roedd y glöwr olaf wedi gadael flynyddoedd yn ôl.

'Oes ots gyda ti os cerdda i ychydig ar fy mhen fy hun?' gofynnodd Huw i Megan. Roedd e eisiau cael ychydig o amser preifat i gofio Gareth.

'Wrth gwrs,' meddai Megan. 'Arhosa i fan hyn.'

Gwyliodd hi fe'n cerdded oddi wrthi hi gyda'i ddwylo yn ei bocedi. Y bore 'ma roedd hi'n teimlo'n isel – ychydig yn drist hyd yn oed. Roedd hi wedi dechrau teimlo fel hyn neithiwr, pan ddymunodd Huw fywyd hapus iddi hi a Paul gyda'i gilydd.

Sylweddolodd hi fod Huw wedi ei derbyn hi a Paul fel cwpwl. Felly doedd e ddim eisiau ei phriodi hi wedi'r cyfan, doedd e ddim yn ei charu hi. Pam roedd hynny'n gwneud iddi hi deimlo'n drist? Dylai hi fod yn falch ei fod e ddim eisiau gwneud pethau'n anodd iddi hi.

Daeth Huw yn ôl. 'Am fywyd byr gafodd Gareth druan,' meddai'n dawel.

'Dw i'n gwybod,' meddai Megan. Estynnodd hi am ei law.

'Roedd y noson buodd e farw yn . . .' Wnaeth Huw ddim parhau, ond roedd Megan yn gwybod sut roedd e'n teimlo – roedd hi'n cofio'r noson ofnadwy honno hefyd.

Cerddon nhw law yn llaw i gyfeiriad y lifft. 'Wyt ti'n iawn?' gofynnodd Megan yn dawel.

'Ydw a na'dw.' Edrychodd Huw arni hi a dweud, 'Dw i wedi penderfynu mynd yn ôl i Toronto. Dw i'n hedfan nos yfory.'

'O Huw, pam mor fuan?' Roedd Megan wedi cynhyrfu'n lân.

'Does dim pwrpas, Megan. Dw i'n sylweddoli alla i ddim cyrraedd 'ma ar ôl hanner can mlynedd, dweud wrthot ti 'mod i'n dy garu di a disgwyl i ti adael popeth a dod i ffwrdd gyda fi. Felly, dw i wedi penderfynu mynd yn ôl yn gynnar. 'Sdim rheswm i fi aros rhagor.'

'Ond beth am Bethan?' gofynnodd Megan. 'Dwyt ti ddim eisiau treulio mwy o amser gyda hi?'

'Ydw. Bydda i'n gwneud hynny, ond dim nawr,' atebodd Huw. 'Ysgrifenna i ati hi, wrth gwrs, a dw i'n gobeithio galla i ei gweld hi eto – naill ai 'ma neu yng Nghanada.'

'Felly, rwyt ti'n mynd i ffwrdd unwaith eto, ac yn ein gadael ni,' meddai Megan. 'Bydd Bethan yn **anfodlon** iawn.'

---

anfodlon – *discontented*

'Dw i ddim yn teimlo galla i wneud unrhyw beth arall, Megan. Dw i wedi dweud wrthot ti sut dw i'n teimlo – dw i'n dy garu di a dw i eisiau dy briodi di. Basai'n brifo gormod i fi dy weld di a Paul gyda'ch gilydd, neu dy glywed di'n siarad amdano fe.'

Cyrhaeddon nhw ben y pwll a cherddon nhw allan i'r haul.

'O Huw, dw i ddim yn gwybod beth i'w ddweud,' meddai Megan. 'Dw i ddim eisiau i ti fynd. Dw i'n teimlo 'mod i'n dechrau dod i dy nabod di eto. Mae popeth wedi digwydd mor gyflym yn ystod y dyddiau diwetha hyn – ond maen nhw wedi bod yn ddiwrnodau bendigedig.'

Y tu allan i gartre Megan, trodd Huw tuag ati hi a chydiodd yn ei dwylo.

'Dw i'n gadael Treddafydd ar ôl brecwast fory, felly dw i'n meddwl taw "ffarwél" yw hyn – **am y tro**, beth bynnag.' Roedd hi'n anodd i Huw siarad. 'Cadwa i mewn cysylltiad â thi a Bethan, wrth gwrs. Dw i ddim yn difaru dod yn ôl, ond hoffwn i gyda fy holl galon y gallai'r diwedd fod yn wahanol. Hwyl fawr, Megan annwyl. Bydd yn hapus.'

Cusanodd Huw ei gwefusau, ei llygaid, ei thrwyn – bob man ar ei hwyneb. Yna, cerddodd e i ffwrdd. Trodd i edrych yn ôl unwaith a gwelodd fod Megan yn dal i sefyll y tu allan i'w drws ffrynt. Cododd e ei law arni hi. Roedd ei wyneb e'n wlyb gan ddagrau.

*   *   *

Drannoeth, paciodd Huw ei gês. Roedd e'n teimlo'n ofnadwy. Stopiodd e bacio pan ddaeth e at lun Megan a Bethan. Edrychodd

---

am y tro – *for the time being*

e'n gariadus ar y llun. Cofiodd e am y tro pan oedd e'n gadael i fynd i Ganada hanner can mlynedd yn ôl. Roedd e wedi pacio llun o Megan gyda'r un teimlad cariadus. Yna, buodd yr holl flynyddoedd hynny hebddi hi. Roedd dod o hyd iddi hi unwaith eto wedi bod mor hyfryd, ond nawr teimlai'r dyfodol yn wag.

Lawr llawr, wrth y dderbynfa, talodd Huw'r bil am y gwesty a cherddodd e allan at ei gar. Wrth iddo fe fynd i mewn i'r car, clywodd e rywun y tu ôl iddo a throdd i weld pwy oedd yno. Megan. Edrychon nhw ar ei gilydd am rai eiliadau cyn **cofleidio** ei gilydd yn dynn.

'O, Huw, dw i wedi bod **ar ddihun** drwy'r nos yn meddwl amdanat ti. Ro'n i'n cofio o hyd sut ro'n i'n teimlo pan adewaist ti fi hanner can mlynedd yn ôl. Alla i ddim gadael i ti fynd eto. Rwyt ti'n rhan ohona i – dw i'n teimlo'n **gyflawn** gyda ti.'

'Beth wyt ti eisiau i fi ei wneud, 'te?' gofynnodd Huw mewn llais caredig. Roedd e **wedi gwirioni** ar eiriau Megan.

'Gofyn i fi dy briodi di eto,' atebodd hi mewn llais **crynedig**.

'Megan, wnei di fy mhriodi i? Bydd yn gariad i fi unwaith eto,' meddai Huw.

'Wrth gwrs, Huw,' atebodd hi. 'Wrth gwrs.'

Roedd y ddau'n crio. Roedden nhw'n crio oherwydd yr holl flynyddoedd roedden nhw wedi eu colli – blynyddoedd na fydden nhw byth yn eu cael yn ôl. Ond roedden nhw'n crio hefyd achos eu bod nhw'n hapus. Roedd digon o amser ar ôl: roedd yfory, a thrannoeth, a'r diwrnod wedyn … Roedd ail gyfle gyda nhw am

cofleidio – *to hug*	**ar ddihun** – *awake*
cyflawn – *complete*	**wedi gwirioni** – *delighted*
crynedig – *shaky*	

ddyfodol bendigedig gyda'i gilydd. Y tro 'ma, fyddai dim byd yn **mynd o'i le**.

---

mynd o'i le – *to go wrong*

Geirfa

afreal – *unreal*
ailgyfeirio – *to readdress*
ambell – *occasional*
amlwg – *prominent, obvious*
am weddill ei fywyd – *for the rest of his life*
amyneddgar – *patient*
am y tro – *for the time being*
anadlu – *to breathe*
anfodlon – *discontented*
ansicr – *uncertain*
anwyliaid – *loved ones*
ar ddihun – *awake*
arferol – *usual*
ar hyn o bryd – *at present*
arlunydd – *artist*
arna i mae'r bai – *it's my fault*
arogl chwisgi – *the smell of whisky*
atgofion – *memories*
awel – *breeze*
awyddus – *eager*

cadarn – *strong*
cadw ei addewid – *to keep his promise*
carwriaeth – *courtship*
coedwig(oedd) – *wood(s)*
cofleidio – *to hug*
craig – *rock*
croesawu – *to welcome*
Croeso Cymru – *Visit Wales*
crynu – *to tremble*
crynedig – *shaky*
cuddle – *hiding place*
cwdyn – *bag*
cwmni – *company*
cydio – *to hold, to grab*
cyfeillgarwch – *friendship*
cyfeirio – *to address*
cyflawn – *complete*
cyffwrdd â – *to touch*
cynhyrfu – *to get excited*
cyn-lowyr – *former miners*
cynlluniau – *plans*

brifo – *to hurt*
britho – *to turn grey*
brwydro – *to fight*
budr – *dirty*
busnesu – *to interfere*
bwriadu – *to intend*
byd tanddaearol – *underground world*
bywyd carwriaethol – *love life*

chwarddodd (chwerthin) – *he/she laughed*

dadwisgo – *to undress*
dagrau – *tears*
darganfod – *to discover*
darpar ŵr – *husband-to-be*
datblygu – *to develop*
derbynfa – *reception*
deugain – *forty*

dewr – *brave*
difaru – *to regret*
diflannu – *to disappear*
difrifol – *serious*
dig – *angry*
dim mewn gwirionedd – *not really*
diogel – *safe*
diweddara – *latest, most recent*
dod i ben – *to come to an end*
dod o hyd i – *to find*
drannoeth – *the next day*
dychmygu – *to imagine*
dymuno – *to wish*

ennill arian – *to earn money*
esbonio – *to explain*
estron – *foreign, unfamiliar*

fore trannoeth – *the following morning*

glanio – *to land*
glöwr – *coal miner*
golygu – *to mean*
golygus – *handsome*
gollwng – *to let go*
gorfodi – *to force*
gwag – *empty*
gwahaniaethau – *differences*
gwefus(au) – *lip(s)*
gwell hwyr na hwyrach – *better late than never*
gwylltio – *to lose one's temper*

gwŷr – *husbands, men*
gyferbyn ag e – *opposite him*

harddaf – *loveliest*
haws – *easier*
hedfan – *to fly*
heddwas – *policeman*
hel meddyliau – *to be lost in thought*
hwylio – *to sail*

llogi – *to hire*
llwyddiannus – *successful*

main – *slim*
mam ddibriod – *unmarried mother*
marwolaeth – *death*
Mawredd! – *Goodness!*
meddwyn – *drunkard*
methu – *to fail*
milwr – *soldier*
Môr Iwerydd – *the Atlantic*
mwclis – *necklace*
mynd o'i le – *to go wrong*
mynedfa – *entrance*

noeth – *naked*

o dro i dro – *from time to time*
oedran – *age*
oeraidd – *cool, chilly*

penseiri – *architects*
pentre glofaol – *mining village*
plentyndod – *childhood*
porfa – *grass*
pwll glo – *coal mine*
pythefnos – *fortnight*

rhagair – *prologue*
rheolwr – *manager*
rhiant – *parent*
rhoi gwybod – *to let someone
know*
rhyfeddol – *amazing*
rhyfel – *war*
rhythu – *to stare*
'slawer dydd – *long ago*
sylweddoli – *to realise*

tanio – *to light, to ignite*
teimladau cymysg – *mixed
feelings*
trefniadau – *arrangements*
trefnus – *organised*
treulio – *to spend (time)*
twrw – *noise*

ugeinfed – *twentieth*
un ar bymtheg – *sixteen*

wastad – *always*
wedi gwirioni – *delighted*
wedi meddwi – *drunk*
wyneb i waered – *upside down*

wyrion – *grandchildren*

ychwanegu – *to add*
y drefn – *the routine*
y ddaear – *the earth*
y gwir reswm – *the real reason*
ymateb – *to react*
ymddangos – *to appear*
ymddeol – *to retire*
ymestyn – *to reach*
ymuno â – *to join*
yn ddiamynedd – *impatiently*
yn gyfan gwbl – *completely*
yn gyfarwydd â – *familiar with*
yn gyhoeddus – *in public*
yn gynharach – *earlier*
yr unfed ar hugain – *the twenty-
first*
yr unig un – *the only one*
ysgariad – *divorce*
ystyried – *to consider*

Richard MacAndrew

GÊM
BERYGLUS

Addasiad Pegi Talfryn

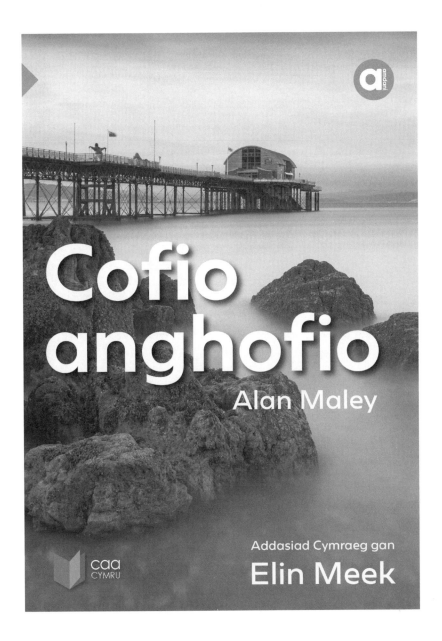

Cofio
anghofio

Alan Maley

Addasiad Cymraeg gan

Elin Meek

caa
CYMRU

Yn y gyfres ar lefel Uwch

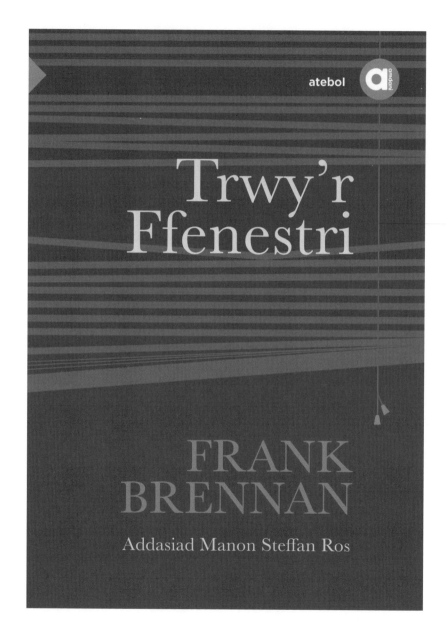

atebol

Trwy'r
Ffenestri

FRANK
BRENNAN

Addasiad Manon Steffan Ros